Alissa Walser

# Dies ist nicht meine ganze Geschichte



PIPER

Zu diesem Buch

Die mit dem Ingeborg-Bachmann-Preis ausgezeichnete Erzählung »Geschenkt« eröffnet den ersten Prosaband Alissa Walsers. Es ist die komplexe Geschichte einer Vaterfixierung und ihrer behutsamen Beendigung. Eine einunddreißigjährige Tochter erzählt ihrem Vater am Telefon, wie sie sich von seinem Geburtstagsgeschenk – »zehn große Scheine« – einen Jungen gekauft habe. Alle Erzählungen stehen für sich und sind zugleich miteinander verwoben. Aus ihrem Zusammenhang entsteht das Bild einer Geschichte: die einer jungen Frau, die in einer Großstadt lebt, voller Sehnsucht nach der Ferne und nach anderen Menschen.

*Alissa Walser,* geboren 1961, studierte in New York und Wien Malerei. Seit 1987 lebt sie in Frankfurt am Main. 1994 erschien »Dies ist nicht meine ganze Geschichte« erstmals, im Frühjahr 2000 folgte der Erzählband »Die kleinere Hälfte der Welt«. Als Übersetzerin hat Alissa Walser außerdem die Tagebücher von Sylvia Plath sowie Theaterstücke unter anderem von Joyce Carol Oates, Edward Albee, Marsha Norman und Christopher Hampton ins Deutsche übertragen. 2009 erhielt sie für Ihre Übersetzung der Gedichte Sylvia Plaths den Paul-Scheerbart-Preis. Ihre eigenen Erzählungen wurden in englischer Übersetzung unter anderem in literarischen Zeitungen wie Open City und Grand Street veröffentlicht. Zuletzt erschien ihr Roman »Am Anfang war die Nacht Musik«.

Alissa Walser

# Dies ist nicht meine ganze Geschichte

Piper München Zürich

*Mehr über unsere Autoren und Bücher:*
*www.piper.de*

Mix
Produktgruppe aus vorbildlich bewirtschafteten Wäldern und anderen kontrollierten Herkünften
www.fsc.org Zert.-Nr. GFA-COC-001223
© 1996 Forest Stewardship Council
FSC

Ungekürzte Taschenbuchausgabe
April 2010

Erstausgabe: Rowohlt Verlag GmbH, Reinbek bei Hamburg 1994
Umschlagkonzeption: semper smile, München
Umschlaggestaltung: S. Anderson
Autorenfoto: A. Buxhoeveden
Satz: S. Anderson
Papier: Munken Print von Arctic Paper Munkedals AB, Schweden
Druck und Bindung: CPI – Clausen & Bosse, Leck
Printed in Germany ISBN 978-3-492-25894-4

»Wer den Lärm duldet, ist schon eine Leiche.«
Guido Ceronetti

# Geschenkt

Neben mir atmet mein Vater, wir sind im Hotel, heute ist sein Geburtstag, morgen ist meiner, vielleicht ist jetzt morgen, vielleicht habe ich schon Geburtstag, vielleicht bin ich bereits acht, ich weiß es nicht, es ist dunkel. Mein Vater schläft nicht, er liegt nur da. So soll er die ganze Nacht liegenbleiben – kaum schläft er, ängstigt mich sein Atem. Wahrscheinlich denkt er, ich schlafe. Jetzt bewegt er die Hände, vielleicht hat er ein Geschenk für mich, das er unter der Decke versteckt, damit ich es gleich auspacken kann, wenn ich aufwache. Oder er sucht, wie ich, einen Platz für die Hände vor dem Einschlafen. Meine Augen sind zu. Er glaubt, ich schlafe, aber ich belausche ihn. Ich habe Angst, er könnte weinen. Doch jetzt steht er vorsichtig auf, öffnet die Tür zum Bad und schließt sie ganz leise, ganz sachte, bevor er Licht macht. Er wäscht sich die Hände, warum schläft er nicht einfach?

Heute ist sein Zweiundsechzigster, mein Einunddreißigster ist morgen, und wieder ist meine Mutter nicht dabei, keiner konnte ahnen, daß plötzlich eine Freundin stirbt. Heute und morgen, das sollen wieder Tage werden, an denen mein Vater das restliche Jahr messen will. Alle Zimmer voller Blumen, es riecht wie in einer Kapelle. Mein Vater steht am hellerleuchteten Buffet. In seinem Haus gibt es keine dunklen Ecken, seine Frau schläft neben ihm, mit mir spielt er Tennis. Manchmal glaube ich, er hat mich markiert, wie der Hund einen Baum. Sein Hals und Gesicht sind gleichmäßig naß vom Schweiß, sein Haar, eine schöne weiße Landzunge in der Mitte des Kopfes, reicht vorn bis an die Stirn. Das Telefon – kabellos – steckt in seiner Jackettasche. Es läutet ständig und macht meinen Vater zum Kirchturm. Im Nebenzimmer zirpt das neue Faxgerät – Grüße von irgendeinem medizinischen Institut, Geschenk folgt. Sicher etwas, was mein Vater schon hat. Wahrscheinlich eine Klassik-CD, dann gehört die mit dem weniger berühmten Orchester mir.

Seit mir ein Busen gewachsen ist, schenkt mir mein Vater Geld zum Geburtstag. An meinem dreizehnten sagte er, jetzt siehst du aus wie die Frauen auf Cranach-Bildern, und ich wußte nicht, was er meinte, nahm mir aber vor nachzusehen; er meinte die kleinen Brüste, für die ich mich schämte, doch dann drückte er mir ein paar Scheine in die Hand. Ein Jahr lang überlegte ich, was ich kaufen sollte, so wurde ich vierzehn. Frische

Scheine vom Vater. Ich kaufte mir ein Fahrrad, es wurde gestohlen. Die Anzahl der Scheine nahm jedes Jahr zu. In den folgenden Jahren floß mir das Geburtstagsgeld davon. Sechstausend Zigaretten, siebenhundert Tassen Kaffee, neunzehn Lippenstifte, Markenkondome, ungezählt, Fromms Gesammelte Werke. Mit zwanzig entwarf ich Glückwunschkarten, und prompt reichten Vaters Gaben für einen graphikfähigen Computer.
Dieses Jahr sind es zehn große Scheine. Für ein Auto reicht es nicht, ich falte das Bündel zusammen, stecke es in die Tasche. Warum willst du schon fort? sagt mein Vater. Ich weiß es nicht, sage ich.

Besser samstags in einer Großstadt ankommen als sonntags. Die Leute schimmern schon ein bißchen vor Hoffnung auf eine lange Nacht. Am Bahnhof kaufe ich das Annoncenblättchen. Im Taxi finde ich unter Kontakte zwei Anzeigen, die nicht für Männer bestimmt sind, und schreibe mir die Nummern auf den Handrücken. So tauche ich in die Stadt, in der mich keiner erwartet. Im Treppenhaus höre ich mein Telefon klingeln. Zwei Stufen auf einmal, bis unters Dach; vielleicht ist das Sportstudio doch der einzige Ort, an dem man was Brauchbares lernt.
Wie war's? sagt mein Vater. Der Zug überfüllt, sage ich, Sitzplatz im Großraumwagen, neben mir ein junger

Mann. Nett? fragt er. Ich sage, ich weiß es nicht, ich hatte keinen Kontakt, nicht mal mit den Augen. Mein Vater holt tief Luft, er glaubt es nicht, er glaubt mir nie, wenn es um Männer geht.
Weiter, sagt er. Ich werde nicht verhungern, sage ich, was im Kühlschrank liegt, reicht bis Montag. Und: die zehn Scheine alle unversehrt in meiner Tasche. Du hättest noch bleiben können, das weißt du. Dann wärst du jetzt nicht allein in der Wohnung, sagt er und meint sich selbst. Was machst du heute noch? Komm, ich geb dir Glückszahlen, sage ich und lese eine der Telefonnummern von meiner Hand ab, 46925238 – sechs Richtige in der Samstagsziehung, das könnte mich ersetzen, und mein Vater traut es mir zu.
Mit fünfzehn nahm er mich zum ersten Mal mit ins Kasino. Zu jung zum Spielen, hieß es am Eingang, als mein Paß kontrolliert wurde. Das verfolgte mich. Als Glücksfee meines Vaters ließ man mich ein, auf hohen Hacken stand ich hinter ihm, flüsterte ihm Zahlen ins Ohr, bis ich nicht mehr stehen konnte. Hatte er genug verloren, verließ er das Gebäude hastig, dann sprang das Auto nicht an, dann waren die Ampeln rot, Papa raste, Papa bremste, Papa raste. Ich legte mich auf den Rücksitz, schaute in den Himmel, betete zur Muttergottes, an die ich nicht glaubte, Zweige, Lichter, Zweige, ich blieb liegen, im Sitzen wollte ich nicht sterben.

Mein Vater notiert die Zahlen, dann legen wir auf. Später wähle ich die erste Nummer. Einer nimmt ab. Bitte beschreib dich, sage ich. Ich meine es ernst. Er zählt mir seine Einzelteile auf. Ziemlich schnell weiß ich, daß ich ihn nicht sehen will. Ich wähle die Zahlen, die ich meinem Vater gab. Einer nimmt ab. Wellensittiche zwitschern. Groß, sagt er, dunkel, dreiundzwanzig, Südländer. Wieviel? sage ich. Wieviel hast du? fragt er, und schon lieb ich ihn. Endlich einer, mit dem ich sprechen kann. Ich könnte auch still sein. Belehrt er mich, schick ich ihn weg. Er muß mich hinnehmen. Ich kann ihn berühren, wo ich will. Seine Brust soll mir dieser Junge zeigen, und er soll mich bitten, ihm die meine zu zeigen. So werde ich den Abend bezwingen, den Sonntag und vielleicht das Märzwetter.

Am Abend ruft mein Vater an, er braucht nur zu atmen, und ich weiß, wer dran ist. Hör auf zu rauchen, sage ich. Was hast du alles gemacht? sagt er. Das will er immer wissen. Immer will er wissen, wo ich gewesen bin, wer mit mir war, was wir gemacht haben, und was noch. Je munterer ich klinge, desto mehr bohrt er. Was würde er sagen, wenn ihm einmal die Fragen ausgingen? Aber sie gehen ihm nicht aus. Er könnte höchstens auf die Fragen aus seinem Vorrat stoßen, die er mir nie gestellt hat: Wer liebt dich, wieviel ist er wert,

wer glaubt an dich, wer ist reingefallen, wer hängt an deinem Haken, wer zahlt für dich, wie reich ist er, wie stark ist er, wer holt uns aus unserer Scheiße, was hast du getan, bist du wie ich, warum bist du wie ich, wer rettet uns jetzt, wie geht es deiner Fotze, lohnt es sich, wird sie gut bezahlt, warum machst du keine Kinder, wo bleibt dein Messias? Ich möchte ihm etwas antworten, das keine weiteren Fragen zuläßt.
Es ist schon gut gewesen, daß ich gestern gekommen bin, sage ich, Pläne hatte ich keine, aber mit dem Geld in der Tasche war das halb so schlimm.
Es beunruhigt meinen Vater, daß ich nur noch acht Scheine besitze. In der Spielbank war ich nicht, sage ich. Ich habe mir einen Jungen gekauft, und schnell spreche ich weiter, mein Vater soll nicht nach dem Gesicht des Jungen fragen. Es war ein unfertiges Gesicht, ich dachte, der Junge wird noch allerhand probieren müssen, bevor sein Gesicht sich festigt. Ich hätte zum Beispiel sagen können, ein italienisches Gesicht, aber lieber hätte mein Vater gehört: ein Mauerstürmergesicht, eines aus der Ex-DDR, da hätte mein Vater geklatscht über den Mut, über das bißchen historische Wahrhaftigkeit, diesen Gutschein, den der Junge dann besessen hätte, einfach so, ohne was dafürzukönnen. Ich sage also nur, daß sein Haar dunkel war, schwarz, aber nicht bläulich, ungekämmt. Früher, sage ich mei-

nem Vater, nach dem Baden, hast du mich immer mit einer frisch geschälten Frucht verglichen. So ein Junge war das, und ich frage meinen Vater, ob er das verstehe. Nein, sagt er, fax ihn mir. Im Stehen beginne ich zu zeichnen.

Der Atem meines Vaters wird übertönt vom Geräusch einer Tür, mein Vater tritt in den Garten. Vielleicht holt er nur Luft, aber er liebt es auch, einfach mit seinem Telefon umherzuspazieren, selbst Sonntag morgens, zu einer Zeit, zu der kein Mensch anruft, hat er das Telefon dabei. Frau und Tochter schlafen noch, und er geht im Pyjama über den Rasen, hebt einzelne Zweige auf, die über Nacht vom Wald in den Garten herübergeweht worden sind. Ich sehe was, was du nicht siehst, sagt er. Weißt du, was? Ich sehe den Wald. Der Wald ist dunkler als die Nacht. Heute war der Himmel blendend grau. Ein Tag wie von Armani. Gestern sah ich eine junge Frau hinter einem Kinderwagen, früher ging sie mit dir zur Schule, saß neben dir. Wir haben keinen Kontakt mehr, sage ich. Deine Generation, sagt er. Was machen die anderen in deinem Alter? Ich weiß nicht, wen du meinst, sage ich. Kinder kriegen. Ausreden suchen. Weiße Hemden tragen. Reisen. Du kaufst dir also einen Mann, sagt er plötzlich. Ausnahmsweise, sage ich. Erzähl – er zündet sich eine an.

Bevor es dämmerte, aßen wir in einem Restaurant, das war mein Wunsch, und ich durfte bestimmen. Allein wäre ich nie dorthin gegangen. Schwere Tische, alle von der Brauerei gestellt. War das Essen wenigstens gut? unterbricht mich mein Vater. Seine Stimme klingt wie Bitten um ein Ende ohne Schmerzen. Wie unwichtig das Essen war, begreift er nicht. Gehe ich mit meinem Vater essen, bestellt er mir den bunten Teller, von allem ein bißchen, zu verspielt für Erwachsene, zu ernst für einen Kinderteller. Oder Meereszeugs, das er selbst nie bestellt. Er will, daß ich für ihn die Austern esse.

Ich saß vor einem Glas Wasser, sage ich. Der Junge bestellte sich ein Stück Fleisch, danach einen Kaffee, danach noch einen. Er war ganz anders als am Telefon, er schien zu wissen, was er wollte. Erstaunlich, wie gut er sein Gesicht beherrschte. Ein Lächeln kam so schlagartig, wie es verschwand. Sein Teller war leer, da fragte er mich nach meinen Wünschen. Mir war klar, sage ich, er dachte schon ans Ende. Ich wollte nicht darüber reden. Ich wollte nichts festlegen. Mein Vater saugt an seiner Zigarre, ein Kind, das einen Fisch nachahmt; ich kann seine Zigarren nicht leiden, meine Mutter auch nicht, wir sind doch keine Wespen, sagt sie, wenn er den Raum vollräuchert. Der Junge streichelte mich hinterm Ohr und flüsterte mir etwas zu. Er hielt mich für scheu. Dann sprachen wir nicht mehr viel, was ich bedauerte. Es gab keinen Grund zum Schweigen. Ich bat ihn, mir etwas zu erzählen. Am liebsten wäre mir gewesen, er hätte mir von Tiefseefischen erzählt, von Wesen, die dort leben, wohin man selbst nie kommt. In seinen Händen die Fransen des Schals, der um seinen Nacken lag, wie das Handtuch eines Boxers, fühl mal, sagte er, und während ich den Stoff prüfte, fing er vom Geld an. Eine Firma wolle er aufbauen, irgendein Mittel vertreiben, das gesünder macht. Plötzlich merkte ich, daß er verzweifelt war. In diesem Moment, sage ich zu meinem Vater, habe ich mir überlegt, ob ich den Mittag nicht lieber im Kino verbringen sollte. Kannst du dir vorstellen, einen verzweifelten Menschen anzufassen? frage ich ihn. Du hast Übung darin, sagt mein Vater, mein Gott, ich höre ihn kaum, so leise spricht er. Mein Vater meidet nichts so sehr wie Unglückliche, schon den Anblick eines Menschen, der ein Leben führt, das er selbst nicht führen möchte, erträgt er kaum. Er wünscht sich Helden für mich, wie die von der Leinwand. Im Kino waren wir nie zusammen, Filme nach 1958 interessieren meinen Vater nicht, das Jahr, in dem Doris Day vermutlich die Dreißig überschritt. Manchmal gucken wir gemeinsam alte amerikanische Filme im Fernsehen. Zuerst wartet mein Vater auf das Erscheinen der Stars, dann auf das Ende. Zwischen den Höhepunkten stellt er sich tot. Letzte Woche gab es fast einen Streit,

Judy Garland stand im Cast und ließ auf sich warten, einige junge Sängerinnen waren schon aufgetreten, und mein Vater hatte bei jedem neuen Gesicht gerufen, da ist sie! – ich behauptete das Gegenteil, sein Zorn wuchs. Dann erschien sie und sang ihr Lied. Ein bißchen sieht sie aus wie du, sagte mein Vater. Egal, wer gerade auftritt, mein Vater entdeckt immer eine Ähnlichkeit zwischen mir und den Stars. Beim letzten Film war es die Loren, davor die Bergman. Liz Taylors Name fällt auch, wenn der Kasten nicht läuft. Bloß Marilyn sagt er nie, sie ist eine Muttergottes für ihn, und die gibt es nur einmal.

Dem Geräusch nach – das leise Krachen des Parketts – ist er jetzt im Wohnzimmer. Wo bleibt die Zeichnung? sagt er. Ich sehe meine Skizze im alten Fax meines Vaters verschwinden, ich höre Wein ins Glas stürzen, ich lasse meinem Vater Zeit für den ersten langen Schluck, es piept, dann trommelt sein Gerät meine Zeichnung aufs Papier.

Aha, sagt mein Vater. Dann einen Moment lang Schweigen, dann fragt er, was das sei. Lassen wir's, sage ich und erzähle weiter. Ich will jetzt nur für dich dasein, sagte der Junge. Er bat mich, ihm zu vertrauen. Bestimmt wäre es auch für ihn besser gewesen, wenn ich von mir erzählt hätte. Aber ich sagte nichts. Er sprach wieder vom Geld, und zum ersten Mal mißlang ihm sein Lächeln. Ich tat, was ich immer tue. Ich tröstete ihn. Er sollte gerne für mich dasein. Sag mal, unterbricht mich mein Vater, wolltest du den Jungen? Geduld, sage ich. Nach dem Essen gab es keinen Ort mehr für uns. Er wollte sein Geld, ich dachte, die Hauptsache stehe noch aus. Ich wollte kein Hotel bezahlen. Ich wollte auch nicht zu mir. Er bot seine Wohnung an. Ich wollte den Wellensittichen nicht begegnen. Also schlug ich ihm vor, die Dunkelheit abzuwarten. In der Dunkelheit, dachte ich, wird sich schon ein Platz finden. Ich werde jede Minute bezahlen, sagte ich ihm, doch sein Blick verriet mir, daß er Vorschuß wollte. Nur: Was hatte er schon geleistet? Er hatte mich angesehen, als sei ich schön, er hatte mit dem Zeigefinger meine Nase gestreichelt und die Gegend hinterm Ohr, aber, weißt du, das war bloß der Anlauf zum entscheidenden Augenblick des Tages.

Von meinem Vater nichts, nicht einmal Atmen, ich frage, ob er noch dran sei. Er sagt ja, und dann? Er hört mir wirklich aufmerksam zu, vielleicht findet er das Ganze so bemerkenswert, daß er es auf einem Ärztekongreß zum besten gibt; dann werde ich gleich alles wiederholen müssen; gefällt ihm das Ende einer Geschichte, möchte er sie am liebsten hundertmal hören, und dann glaubt er meistens, ich unterschlage seine

Lieblingsmomente. Vielleicht bleibt er jetzt aber auch einfach stumm, und schließlich werde ich von seinem Mitleid überrollt, ich fürchte es mehr als seinen Zorn. Mein Vater geht noch immer herum, seine Schritte hallen, bestimmt geht er die Treppe hinauf, in der Leitung rauscht es, oben in den Schlafzimmern klingt es jedesmal, als tobe draußen ein Sturm. Zu früh zum Schlafengehen, oder? sage ich, er sagt, er wolle in mein Zimmer. Vermutlich, sagt er, fällt es mir hier leichter, dich zu verstehen. Ich kenne die Scherze meines Vaters, was sollte er in meinem Zimmer? Viel wichtiger ist, wie ich die Geschichte zu Ende bringe. Ich muß mich genau erinnern. Mir kam vor, als seien wir lange durch die Stadt gelaufen. Der Junge nannte mich einen wertvollen Menschen, einen Menschen, wie er sich immer einen gewünscht habe. Mein Vater hüstelt, er spült das Hüsteln mit einem Schluck Wein hinunter. Der Junge versuchte, mich zu küssen, sage ich, aber ich ließ es nicht zu. Von meiner Angst sage ich meinem Vater nichts; was er mir erklären würde, kann ich mir denken: Wer zahlt, hat keine Angst. Aber der Junge hätte sich plötzlich weigern können weiterzulaufen. Für einen Moment kam mir die Idee, es in einem Hauseingang zu tun. Doch die Haustüren waren verschlossen; wo ich klingelte, spähte jemand aus dem Fenster, öffnete aber nicht, wenn er uns sah. Sogar die Mauernischen, deretwegen ich nachts immer in der Straßenmitte gehe, waren plötzlich nicht mehr tief genug. Hoffentlich hattest du was Warmes an, sagt mein Vater. Ja, sage ich, den Mantel. Und drunter, will er wissen, ich erzähl's ihm, und drunter, will er wissen, ich erzähl's ihm. Der Junge wartete auf ein Wort von mir. Daß ich das falsche Wort sagte, verschweige ich. Park – da blieb er kopfschüttelnd stehen. Er führte mich zu seinem Auto. Später, sagte er, als er die Tür öffnete, werde ich einen Hubschrauber besitzen. Also haben wir uns in sein Auto gesetzt, das aussah wie alle Autos. Er saß neben mir auf dem Fahrersitz. Wahrscheinlich fragt sich auch mein Vater, warum der Junge sich nicht nach hinten gesetzt hat.

Zum Schauen war es zu dunkel, sage ich. Ich wußte, der Junge wartete. Ich wurde plötzlich diesen Satz nicht mehr los: Ich will dein privates Fleisch. Ich sagte es so leise, daß er es nicht verstehen konnte. Mein Vater schweigt. Ich höre ihn atmen. Ich habe den Körper meines Vaters nie als alt empfunden. Als Kind wollte ich werden wie er. Ich wollte riechen wie er, abends nach Alkohol und Zigaretten, morgens, wenn ich ihn im Bett besuchte, nach Schweiß und Schlaf. Er war massiger als ich, formloser, plump; trotzdem wollte ich erwachsen werden. Bat ich ihn zu mir auf den Boden, ächzte er. Mir kam daran nichts gebrechlich vor. Ekel empfand ich auch nicht vor seinen Schuppen, höchstens vor dem Mittel, mit dem er sie bekämpfte. Jetzt klingt sein Atem nicht wie sonst, und er trifft in eine Art Stille, die neu ist zwischen meinem Vater und mir. Vielleicht wird sein Atem von jetzt an immer schwerer werden, um vorzeitig dem Atem eines alten Mannes zu gleichen, ich muß ihm das sagen, er darf nicht soviel mit Menschen zusammenkommen, die ihm das Sterben nahebringen. Der Junge, erzähle ich ihm, ergriff meine Hand, ich hatte ihm die Hand völlig übergeben, und er streichelte sich damit die Schenkel. In der warmen Beuge, wo die Schenkel auf das Geschlecht treffen, ließ er meine Hand allein, und, seine Hoden an meinem Handrücken, rieb ich die lose Haut zwischen den Fingern. Ich glaube, mein Vater wartet auf etwas, stumm wie eine Katze vor dem Mauseloch. Er wartet auf einen Höhepunkt, aber von dem hätte ich ihm nie berichtet. Ich spreche von der Farbe dieser Haut, die ich in Wirklichkeit nicht gesehen habe. Ich sage, sie war dunkler als an anderen Stellen. Der Junge suchte die gleiche Stelle an meinem Körper, dann nahmen wir, mit einer Bewegung, mit der man die Hand aus einer fremden Tasche zieht, unsere Hände wieder zu uns. Ich zahlte, was er verlangte, stieg aus und lief nach Hause. Ruf mich wieder an, sagte er, bevor ich seine Autotür zuschlug, ich will immer für dich dasein. Und jetzt, sage ich meinem Vater, bin ich gerade heimgekommen, packe die restlichen Gaben aus. Chanel No. 19 und Mozarts Violinkonzert No. 3 in G-Dur, eine Aufnahme der Bamberger Symphoniker, geschenkt. Nachher koche ich Nudeln und dazu eine Soße, Tomaten und irgend etwas Grünes, morgen ist Montag, und was ich montags mache, weißt du.

Mein Vater antwortete nicht mehr, warum, ich weiß es noch immer nicht. Hallo, sagte ich, ich sehe was, was du nicht siehst – nichts. Nur ein leicht verändertes Geräusch in der Leitung, ein Nagen am Sturmton. Mein Vater lag wohl einfach da. Ich hörte noch ein kurzes Schleifen der Bettdecke, vielleicht suchte er einen Platz für die Hände vor dem Einschlafen, ich hatte Angst, er könnte weinen, ich hatte Angst, er könnte wichsen, ich wollte nur noch stumm sein. Ganz leise, ganz sachte, so sachte, wie man die Tür zu einem Kinderzimmer schließt, wenn es dort endlich still geworden ist, legte ich den Hörer auf.

# Die Luft auf meinem Rücken

Eigentlich wollte ich Schuhe kaufen, und jetzt folge ich einem Jungen. Schwarz sollten sie sein, nicht so spitz, wirklich modisch, vorn das Karree. Ich fühlte mich gut, ich dachte, endlich haben die Designer sich einen Fuß angeschaut; da läuft der Junge vorbei, so ein Junge, wie sie mir gefallen, mit langen Beinen und schlackernden Hosen. Er soll meine Geschichte werden. Ich darf ihn nicht aus den Augen verlieren, er macht große Schritte. Auf der Straße sind viele Menschen, und der Junge hat einen Anzug an, hellgrau wie das trockene Pflaster. Später stellt sich heraus, daß wir uns längst kennen, der Junge ist ein Freund, so einer, den man zum Abschied an sich drückt. Die Haut seiner Wangen und Hände habe ich oft berührt, auch seine Kleider. Der Abschied zwischen uns ist leicht und deshalb das nächste Treffen nicht weit. Warum ich ihn heute für einen Fremden hielt, kann ich nicht erklären. In der Haustür sehe ich seine Nase und muß an die Schuhe denken. Wir verabreden uns für den Abend.

Die Wände seines Zimmers könnten aus Papier sein, weich werfen sie das Licht in den Raum zurück, bis zum

Kühlschrank. Warum bemalt er sie nicht mit einem der Stifte, die auf seinem Schreibtisch liegen?
Er fängt meinen Mantel auf, hängt ihn zu seinem Hut. Auf dem Sofa betastet er meine alten Schuhe, er zieht sie mir aus, meine befreiten Füße in seinem Schoß. Irgendwann im Laufe des Abends sollten unsere Geliebten anrufen. Sie werden uns daran erinnern, daß sie ihren Schweiß bei uns loswerden wollen.
Das Telefon steht griffbereit auf dem Boden; wie ein Kettenhündchen, sagt Karl, das endlich losbellen möchte. Wer wohl heute zuerst anruft? frage ich, und Karl schaut aus dem Fenster. Er streicht sich über sein kurzes Haar, und wo es im Nacken in zwei durchsichtigen Spitzen ausläuft, läßt er seine Hand liegen, das würde ich manchmal auch gerne tun, nicht bei mir, bei ihm. Sitzt er neben mir auf dem Sofa, müßte ich bloß den Arm strecken. Das Sofa ist auch sein Bett, es ist schmal wie eine Badewanne. Wenn ich komme, liegt die Tagesdecke glatt darauf, an den Ecken sieht man die Bettwäsche, rote Punkte, weißer Grund, wie von einer Diva. Wenn ich gehe, ist das Bett aufgewühlt, kein Kissengebirge, aber Falten und Krümel, und eine Sekunde lang siehst du, was übrigbleibt von friedlichen Stunden, und meinst, du verstehst etwas von dir selbst.
Aber daran denken wir jetzt nicht, denn wir warten auf unsere Geliebten und auf die Pizza, die wir bestellt ha-

ben. Alle Minuten des Wartens addiert, kämen wir bestimmt auf mehrere Monate. Und doch stimmt die Rechnung nicht, denn es gibt Momente, die müßten wir abziehen. Zum Beispiel die Zeit im Bad, dem wärmsten Raum in der Wohnung. Vor dem Spiegel ziemlich viele Flaschen mit Seifen und Lotionen. Das Shampoo, das mir gefällt, riecht nach Kaugummi und gibt mehr Schaum als die andern. Später bringt Karl den Fön. Solche Augenblicke bemerkt man erst, wenn sie vorbei sind, wenn ich vor dem Spiegel stehe und zu Karl sage, schau, wie lahm mein Haar im Winter ist, oder vielleicht bemerke ich solche Augenblicke sogar erst in der U-Bahn oder am nächsten Tag, wenn ich, die Maus in der Hand, am Computer sitze und Schriftgrößen probiere.
Ich sage, Foucaults Vater hat seinen Sohn gezwungen, bei Operationen zuzusehen, und Karl sagt, Vätern was von sich erzählen ist wie eine Münze in den Brunnen werfen, die man nie auftreffen hört. Und ich sage, übrigens kommt Aids nicht aus Afrika, sondern aus der alten DDR, und er sagt, wir wollen ehrlich sein zueinander, immer, und dann sagt er: Wenn das Telefon klingelt, wird mein Geliebter dran sein, und beim zweiten Mal ist es dann deiner. Ich ziehe ein Paßphoto meines Geliebten aus der Hose. Mein Geliebter ist älter als wir. Er kommt aus der tiefen Vergangenheit. Von dort kom-

men diese Menschen, die so lange erwachsen sind, daß man sie sich anders nicht mehr vorstellen kann. Sie schweigen, und man weiß nicht, warum. Mein Geliebter spricht mit mir, aber wenn ich antworte, versteht er vielleicht nicht, was ich meine. Rede ich von einem Engel, sagt er Krankenschwester, rede ich von Arbeit, sagt er Geld.

Karl hält das Photo jetzt dicht vors Gesicht. Dein Geliebter hat einen Blick, sagt Karl, als sei er der Richter aller Frauen. Ich weiß, was er damit meint. Im Videogeschäft, in dem ich meinen Geliebten zum ersten Mal sah, hat er mich bombardiert mit diesem Blick. Ich dachte, er fände mich schön, aber er wollte meine Kraft, und so ist es heute noch. Wenn du ihn anschaust wie er dich, sagt mein Freund Karl, was bleibt von ihm übrig? Ist er beschnitten? Ich schüttle den Kopf. Smegma Smegma, sagt Karl, und ich will etwas antworten, aber er spricht schon weiter, Smegma Smegma, und: Unübersichtlich wie sein Geschlecht ist sein Leben. Dann gibt er mir das Photo zurück, und ich bin froh, daß er nichts mehr sagt. Hinter den Wänden kratzen die Mäuse, als kehre einer mit frischem Reisig den Boden, bald ist Weihnachten. Ich werde Karl nichts schenken; an Feiertagen sind die Geliebten zuständig. (Seiner schickt durch Boten Tulpensträuße oder Rosen, meiner faxt Versprechungen.) Karl und ich machen uns nur Samstagabend-Geschenke, Hab-was-auf-der-Straße-gefunden-Geschenke, Vielleicht-interessierts-dich-Geschenke und ziemlich häufig Einfach-so-Geschenke. Blumen nie. Schon wird es draußen dunkel, zwischen den Häusern leuchtet noch ein Dreieck Meer, abgestimmt wie eine Tarnfarbe, davor die weißen Lichter der Stadt. Die Stadt folgt ihrer Küstenlinie. Der kleinere Hafen, wo es Fischerboote gibt: Schienen parallel zu den Anlegedocks und dahinter rostige Kräne, dann die Lagerhallen und Rohrleitungen, dann Straßen-Häuser-Straßen. Erst in Höhe des Bahnhofs nehmen die Straßen Abschied vom Meer, strahlen nach allen Seiten ins Land, aber der Himmel darüber ist weit, und die Häuser haben Farben, wie sie sonst nur in der Erinnerung vorkommen.

Gleich ruft dein Geliebter an, sage ich. Hoffentlich, sagt Karl, noch bevor die Pizza kommt. Was meint er damit? denke ich, möchte aber lieber nichts sagen und verpasse den Anfang seines Satzes. Habe ihn nicht gekannt, sagt Karl, die Zeit lief mir davon nach allen Seiten. Tags arbeitete ich, nachts sah ich mir Schaufenster an. Hast du bemerkt, wieviel Paare es gibt, die nach Geschäftsschluß schon wieder übers Einkaufen reden? sagt er. Bevor ich ihn kannte, berührte ich Menschen nur, wenn ich sie tätowierte. Meist, sagt er, kamen junge. Sterne, Herzen, Drachen auf Arme, Rücken, Brust, Sterne, Herzen, Drachen auf Arme, Rücken, Brust. Vielleicht auch mal ein Schiff. Die wenigsten wissen gleich, was sie wollen. Hast du im Hafen schon mal vor so einem Schiff gestanden, sagt er, und dir überlegt, wie weit du dich entfernen müßtest, damit du es ganz sehen könntest, ohne dabei den Kopf zu bewegen? Wie soll so ein Schiff auf einen Arm gehen? Eines Tages fiel mir einer auf, er war groß und wünschte sich einen Turm, den Turm von Babel auf den linken Oberarm. Zeig mir deinen Arm, sagt Karl, und ich rolle mein T-Shirt zurück. Höher, sagt er, und ich ziehe mir das Hemd über den Kopf. Unsere Körper sind auch Freunde. Ich habe Karl schon auf dem Dach in der Sonne liegen sehen, fast nackt, er war sehr mager, und sein Schamhaar war hell, und ich mag kein helles Schamhaar, ich finde, es sieht ungesund aus, weil es im Licht oft kraftlos wie Seegras erscheint, und ich sah seine Oberlippe, die im Liegen etwas hinaufrutschte, und dadurch schienen die Zähne sehr groß, wie manchmal bei Toten, aber ich sah ihn gerne an, vielleicht, weil er sich nicht entzog und auch nichts sagte, so wie er jetzt nichts sagt über mein Unterhemd, das mich an den Schnee in der Stadt erinnert, wenn es anfängt zu tauen. Dieses Jahr hat es noch nicht geschneit, obwohl wir schon Dezember haben, doch die Luft riecht nach Schnee, sagte mein Geliebter

gestern, und die Wolken waren dunkelblau und sahen schwer aus.
Karl vermißt meinen Arm mit der Spanne zwischen Daumen und Zeigefinger. Wie wunderbar, dachte ich damals, sagt Karl, ist dieser Arm für einen Turm, und ich begann gleich mit Entwürfen. Mein Modell war der Leuchtturm, den man vom Bad aus sieht, aber ich verbreiterte die Basis gleichmäßig nach den Seiten. Dann merkte ich, daß dem Herrn – er sagte, er sei Arzt – die herabbrechende Spitze das Wichtigste war, der zackige Stumpf. Dein Arm, sagt Karl, ist weich. Was würdest du auf deinen Arm wollen? Und während er weitererzählt, zeichne ich, was ich will, auf ein Papier, aber ich bin unentschlossen.
Und als ich zum ersten Mal an meinem Geliebten arbeitete, sah er meine Arme, und bei der zweiten Sitzung ergriff er meine Hand und bewunderte meine Venen. Jeder Arzt, sagte er, wäre froh über so gut sichtbare Venen. Beim dritten Mal spritzte er in meine Hand.

Ich nehme mir Karls Hände – in welche, sage ich. Mein Freund bewegt die rechte und erzählt weiter: Er hatte mich in seinem Auto mitgenommen, und wir fuhren aus der Stadt hinaus, tranken Cognac in einem Café und fuhren weiter, er sagte, zu Hause warte seine Frau, dann parkte er auf der Rückseite eines Möbelzentrums

ohne Fenster. Bevor er mich berührte, schob er das Notarztzeichen unter den Sitz.
Karls Hände sind kühl. Einmal hatte er grüne, enganliegende Handschuhe an, bis zum Ellbogen, da kamen mir seine Hände zu schmal vor. Er war geschminkt an diesem Tag und trug ein Frauenkleid. Es war blau, und von den Schultern hingen zwei Gazestreifen herab, die er immer festhielt, weil sie sonst beim Gehen in der Luft wehten wie bei Batman. Karl ist das schönste Mädchen östlich des Leuchtturms, erzählte ich damals meinem Geliebten, und er flüsterte mir hastig zu: Nicht Mädchen, sag nicht Mädchen, sag Wesen.
Ich möchte mir Karls Hände einprägen. Sie sind weiß, und wo der Daumen mündet, sind Poren, aber es wachsen keine Haare. Wahrscheinlich wünschen alle Geliebten der Welt, daß man sich rasiert. Wahrscheinlich möchten sie, daß man so nackt wie möglich ist. Verzeihung, sage ich, aber langsam wird mir kalt.
Dein Arm ist weich, sagt Karl und sieht auf meine Schulter. Wenn du frierst, spürt man es nicht auf deiner Haut, aber dein Fleisch wird fester.
Was möchtest du gerne? sagt er. Das, sage ich. Er sieht sich die Blätter an. Aber nicht so klein, sagt er, die Zeichnung wird bald wieder verblassen. Wohin? sage ich. Dahin, sagt er, wo du einen Spiegel brauchst. Ich öffne meine Hose, und er schiebt sie ein Stück hinunter.

Er fährt mit dem Zeigefinger über meine Hüften (die nichts als Hüften sind, wo eben ein Knochen einen weiteren Raum definiert), er fährt darüber, als klebe salziger Sand auf meiner Haut und er streiche ihn beiseite, hier, sagt er, neben dieser Mulde, eine Stelle so gut wie der Arm meines Geliebten an dem Tag, an dem ich mit dem Turm begann. Dann klingelt das Telefon, eine Zikade, und Karl greift zum Hörer. Er reicht ihn mir. Ich denke, es ist mein Geliebter, Karl spricht nie mit ihm, aber es ist der Pizzajunge. Er findet den Eingang nicht. Zwischen dem Chinesen und dem Kleiderladen, sage ich, der Eingang liegt etwas nach innen versetzt, zwischen dem Fenster mit dem grün-goldenen Drachen und dem mit den Styroporflocken, er soll keine Angst haben, ins Dunkle zu treten, am Ende kommt die Tür. Karl gibt mir ein Zeichen, ich drehe mich um. Die Spitze seines Stiftes gibt etwas nach, er zieht sie langsam über meine Haut. Wo die Spitze auftrifft, tut es weh, ein bißchen, als sei sie glühend heiß oder eiskalt, um das zu entscheiden, müßte mein Freund einen Moment die Hand anhalten, aber das tut er nicht. Ich habe das Gefühl, er sei weit weg und nur meine Stimme könne ihn zurückholen.

Vielleicht hätte ich sagen sollen, in der Bewegung deiner Hand erkenne ich mein Motiv nicht wieder. Aber das klingt, als stamme es aus einer andern Zeit. Damals sahen wir uns täglich beim Zeichnen, beobachteten ängstlich die Fortschritte des anderen, oder was wir dafür hielten: wenn die Gesichtszüge der Modelle erkennbar wurden, eindeutige Lichtquellen, Morgensonne oder Neon, und jeder fürchtete, mit seiner Arbeit auf der Strecke zu bleiben. Das hat sich geändert, also sage ich nichts, verlagere statt dessen mein Gewicht auf den linken Fuß, denn es ist anstrengend, so nach vorn gebeugt still zu stehen. Moment, sagt Karl, und ich spüre die Luft auf meinem Rücken, wenn er spricht.

Biege ich den Hals so weit wie möglich nach hinten, sehe ich Karl arbeiten. Es sieht aus, als schleppe seine Hand nicht nur die schwarze Linie des Stiftes, sondern auch seinen Blick. Das Zittern seiner Hand und mein leichtes Wanken machen uns zu einem Paar, das scheinbar nicht fein genug ist für das, was es tut. Jetzt sieht er mich so unvorbereitet, wie mich sonst nicht einmal mein Geliebter sieht. Mein Geliebter würde mich ohne genauen Plan nie treffen wollen. Manchmal kommen mir seine Pläne vor wie eine große Decke, die er über das Gras wirft, um mit mir darauf zu picknicken. Was würde er sagen, wenn er sehen könnte, wie Karl jetzt versucht, eine Linie mit Spucke zu begradigen? Große Worte liegen ihm nicht, und sein Gesicht sähe aus, als wäre plötzlich die Haut um Augen und Mund gewachsen. Auf einmal ist mein Geliebter mir so nah, als säße er neben uns auf dem Sofa und ließe Karl ruhig mit seinem Stift auf mir kreisen. Die Ruhe ist dringend. Und wie immer, wenn etwas dringend ist, bete ich. Unsere Geliebten sollen sich verirrt haben, meiner auf der Suche nach einer neuen Immobilie, in einem Stadtteil, in dem alle Telefonzellen kaputt sind, und Karls Geliebter zwischen den Rippen eines Patienten. Es ist schon spät, vor dem Fenster gehen die Lichter an, Vierecke leuchten durch den Nebel, sie sehen aus wie ungewaschen, und der Dezembermond ist hinter Wolken.

Du zeichnest unzusammenhängende Linien. Zeichnest du überhaupt noch, oder streichelst du mich? sage ich, und da klingelt es. Im Spiegel sehe ich, wie Karl die Tür öffnet, und im Spalt erscheint ein Gesicht, der Pizzajunge vielleicht, schwer zu sagen aus meiner Position. Er drückt Karl zwei flache Schachteln in die Hand, sie wechseln Scheine, beide schauen, des Geldes wegen, auf ihre Hände. Die Stelle, die Karl bearbeitet hat, ist plötzlich kalt. Das Telefon läutet, wir lassen es läuten. Karl öffnet die Schachteln und stellt die Pizzen auf den Boden, zwei Teppichflecken. Das Telefon hört nicht auf, ich drehe mich um, ich möchte mich von hinten im Spiegel sehen. Habe ich mich verändert? Irgendwo im Körper hat sich etwas verschoben wie so eine Erdplatte in Kalifornien, nur ohne Beben, geheimnisvoll, und, wie ich finde, ohne Grund. Die Zeichnung sehe ich nicht. Wir machen weiter, sagt Karl, aber gleich sind wir fertig. Lieber, denke ich, eine langsam verebbende Linie als ein plötzlicher Schlußstrich. Nicht aufhören, denke ich und schließe die Augen, er soll nicht aufhören mit dieser blinden Zeichnung.

# Malen und Zeichnen

Die Stadt stößt im Süden ans Wasser. Das Wasser verbindet sie mit dem anderen Kontinent und spiegelt ein Licht und eine Farbe in die verschlafensten Ecken. Zum Beispiel zu den Malern, die vor einem immer nackten, immer weiblichen Modell sitzen (weiblich, auch wenn es ein Mann ist) und fast unmerklich die Hände bewegen, stricheln, als habe die Frau ein Fell auf der Haut. Wird es warm, werden vor dem Fenster die Platanen gestutzt, und die Maler stricheln und stricheln. Was gibt es noch? Häuser, in denen sich der Himmel spiegelt, das sind die Türme. Sie spiegeln auch das Wasser und die Straßen. Es gibt den großen Bahnhof in der Nähe der Docks und den Flughafen ein Stück landeinwärts. Und es gibt den Leuchtturm mit der Pyramide an der Spitze.

Verfolgt von Georgs Flüchen, verlasse ich frühmorgens das Haus. Auf den Straßenlaternen schreien wieder die Möwen, reißen die Schnäbel auf, strecken die Hälse, dann kommt mit einem Ruck der Ton. Sieht aus, als kotzten sie, sind sie deshalb so winzig? Georgs Wut lenkt die Blicke der Männer auf uns, die im Sommer auf den Stufen vor unserer Haustür schlafen, neben dem Kiosk, an dem sie billiges Bier bekommen. Es geht um einen anderen Mann, einen schwarzen Soldaten, der mir im Park sein Leid geklagt hat. Er studiert Graphik, wie ich, und verbringt seine Wochenenden bei der Armee; die Armee bezahlt sein Studium. Georg (ich würde ihn lieber Lester nennen) mag keine Männer in meiner Nähe und schon gar keine schwarzen. Ist Georg nicht in der Wohnung, darf auch kein anderer Mann dasein, gleichgültig, woher er kommt und welche Farbe er hat. Am liebsten würde Georg mir noch die Augen verbinden; meine Gedanken, was mit bestimmten Menschen möglich wäre, sollen ruhen.

Mittags, nach dem Unterricht, begleite ich Raphael. Er zeigt mir seine Skizzen. Seit er zusehen mußte, wie sein Vater erschossen wurde, malt er Schlachtszenen, die Vorlagen schneidet er täglich aus der Zeitung. Auf allen Blättern der Kopf seines Vaters in der Sekunde, in der ihm ein Geschoß das Gesicht zerfetzt. Die Kugel selbst sieht man nie. Immer ist sie bereits in den Kopf gedrungen. Obwohl schon nach allen Seiten menschliche Splitter durch die Luft fliegen, hat das Gesicht noch einen Ausdruck. Die kleinen Stücke, die den Kopf rahmen wie eine rote Milchstraße, sind dir wichtiger als der Stürzende, sage ich zu Raphael. Wo das Fleisch

reißt, macht es dich zum Maler. Die Augen des Vaters sind immer geschlossen, der Kopf zurückgeworfen. Durch die Wucht der Kugel ist das Kinn nach oben verschoben. Raphael will malen, was es nicht gibt. Den Punkt, an dem das Leben schon vorbei und der Tod noch nicht eingetreten ist, das Sterben, den Übergang zur Transzendenz. All seine Versuche verfehlen haarscharf das Thema. Sie zeigen eine Bewegung, die bereits im Tode stattfindet und doch der letzte Schwung des Lebens ist, das Geschoß, durch das sich alles endgültig verformt.
Raphael wohnt, wie die meisten Latinos, neben dem Bahnhof, der sonst nicht so wichtig wäre. Das Meer sieht er nicht. Vorn die Straße, hinten Gleise. Statt Nummern haben die Straßen Namen, und man verläuft sich leicht. Wenn die Züge ein- und ausfahren, schwebt Staub auf uns herab, sacht wie Schnee, den ich mir an glühenden Tagen wie heute herbeiwünsche. Du wirst gekocht, sage ich zu Raphael, das Beben der Schienen macht dich gar. Sein Bettuch riecht nach unzähligen Nächten und Menschen. Die Schaben, nein, Kakerlaken, nein, Cockroaches, die Raphael, anders als Georg, ohne Gas bekämpft, erinnern mich an eine Bande Lebensmüder, die es nicht lassen kann, hastig die Matratze zu überqueren. Ich höre einen Hahn tropfen, während Raphael mit seinem Finger Figuren auf mei-

nen Bauch zeichnet. Versucht er sich schon wieder am Kopf seines Vaters? Schnell drücke ich seine flache Hand auf meine Haut. Ich bin jung und erwachsen. Georg habe ich für heute hinter mir gelassen. Er lebt in einem Reich, das weit entfernt liegt. Richtung Norden, am großen Leuchtturm vorbei, dann rechts ab in ein Viertel mit niedrigen Häusern. Notfalls werden Käfer dort auch mit den bloßen Füßen zerquetscht. Tropfende Hähne gibt es nicht; dafür gibt es Schränke mit dem richtigen Werkzeug. Raphael und ich sprechen nicht von Georg, doch alles, was wir sagen, sogar jede unserer Bewegungen, richtet sich gegen ihn.
Später schläft Raphael ein. Ich habe noch das Gefühl seiner Hände auf meinem Bauch, seines Samens in mir. (Ich würde lieber Milch sagen, aber es ist keine Milch.) Ich kritzle eine Figur auf ein Stück Papier:

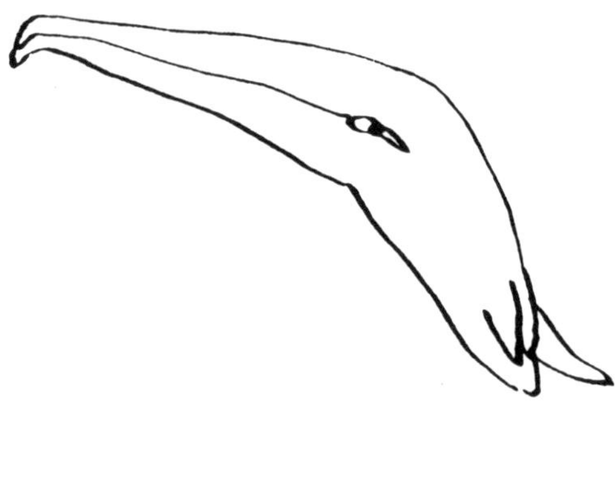

Es klingelt. Es könnte jemand sein, der den Hahn reparieren will. Raphael erwacht und sieht auf meine Zeichnung. Er hält sie für einen Schlafenden. Dann verlasse ich Raphaels Wohnung, die Zeichnung nehme ich mit.

Mein Kopf ist frei. Ich weiß genau, wo ich gewesen bin. Nur auf meinem Körper kenne ich mich nicht mehr aus. Beim Gehen fühlt es sich an, als sei alles unterhalb des Nabels geschwollen. Ich fürchte, ich hinterlasse auf dem Boden eine Spur, von hier bis vor die Tür der Wohnung, in der Georg und ich leben. Georg kann mir nichts anhaben; ich bin so unempfindlich gegen ihn, daß der Gedanke mich kaum bedrückt, neben ihm zu schlafen, Rücken an Rücken, wie sagt man, Arsch an Arsch, unter dem Tosen der Aircondition, die in diesem feuchten Klima immer nötiger wird.

Am frühen Abend, auf dem Weg ins Schlafzimmer, erzählt Georg, es gebe einen Grund zum Feiern – heute sei er eine Gehaltsstufe hinaufgerutscht. Ich beglückwünsche ihn und schenke ihm meine Zeichnung, die er sofort in einen kleinen Rahmen klemmt und auf sein Nachttischchen stellt. Mein Amulett – solange es dort steht, kann mir nichts passieren. Wie immer, wenn wir uns im Bett von der Straße abschirmen wollen, schließt er die kleinen Läden, die nur die untere Hälfte der Fenster bedecken. Den Himmel lassen sie frei. Den Mond, die lautlosen Flugzeuge, die in Rhein-Main aufsteigen (und nicht in LaGuardia), deren winzige Lichter sich ununterbrochen über den Himmel schieben, zwischen Wolken verschwinden und plötzlich, an einer ganz anderen Stelle wiederauftauchen. Die Farbe meines Büstenhalters – ein kräftiges Geranienrot – hält er für eine weitere Botschaft. Er lächelt, streift mir den Träger über die Schulter. Er streckt sich einen Moment lang, um seinen Gürtel zu öffnen, und hält dabei den Atem an. Er schleudert den Gürtel mit seinem Taschenmesser von sich. Ich bücke mich, und Lester badet in Raphaels Samen. Einer löscht den anderen.

Und danach? Danach drängt Georg zur Eile. Ich kämme mein Haar nicht, ich dusche nicht. Ich ziehe so gut wie nichts an. Ich biete der Stadt meine Haut, dem Staub meinen Schweiß – dabei laufe ich neben ihm her und fühle mich wie etwas Gepolstertes, ein Tier oder eine Tasche. Am liebsten würde ich mich auf die Straße legen.

# Wahre Geschichte

Es ist Abend in der Stadt, und ich will, daß mir einer zuhört. Meine Freundin rufe ich nicht an: Ich will nicht völlig verstanden werden, sonst muß ich weinen. Da es eine wahre und schreckliche Geschichte ist, die ich erzählen werde, will ich einen Zuhörer, der über wahre und zugleich schreckliche Geschichten lacht. Einen Vertreter am besten. Ich überlege mir, wie er sein soll, ein Vertreter, um die Fünfzig, bleiches Gesicht und ausgefranster Schnurrbart. Er sitzt mir nur zufällig gegenüber, nicht einmal am selben Tisch, vor sich ein Glas Wein. Er sitzt zusammengekauert da. Stellen Sie sich vor, sage ich, gestern nachmittag führen mein Freund und ich den Hund spazieren, im Park kann er sich austoben, verschwindet bis zur Brust im hohen Gras. Den Hund sehe ich gar nicht mehr, da fängt mein Freund an zu streiten; er weiß, was mich vertreibt. Ich pfeife nach dem Hund. Damit ich nicht auch davonlaufe, wirft mir mein Freund eine Decke über den Kopf. Mir rutscht das Buch aus der Hand und fällt mit den offenen Seiten auf den Kies, das tut weh, als wäre es mein Knie, das über den Kies rutscht. Ich will lesen, da legt er sich auf mich und hält mich mit seinen Beinen fest. Ich sage, du bist das Widerwärtigste, was ich kenne, und laufe ihm durch den Park davon, den Hund, wieder an der Leine, ziehe ich mit. Ich kenne meine Not schon so lang. Ich knalle ihm die Tür vor der Nase zu, nachdem er mich geschlagen hat. Kein Klingeln erweicht mich. Habe ich ihn gerufen, damit wir uns streiten? Ich werde ihm nicht mehr öffnen. Ich stelle die Klingel ab. Ohne sein Drängen werde ich wahrscheinlich häßlich. Bis jetzt hört mir mein Vertreter interessiert zu. Und dann, sage ich, ruft mein Freund unten aus der Zelle an. Er ist ganz in der Nähe, durchs Telefon höre ich die Straßenbahn, die vor meinem Haus vorbeifährt. Ich lege auf, er ruft an. Ich schreie in den Hörer: Es gibt nichts mehr zu besprechen. Ich schreie einfach. Tränen werden mein Gesicht zerstören. Da schüttelt mein Vertreter sachte den Kopf, während ich weiterrede. Einen Ausweg gibt es nicht. Entweder ich leide, weil er mir fehlt, oder er wird mich zerschlagen, oder ich leide, weil er sich an mich klammert. Dann lügt er. Ich weiß, daß er lügt. Draußen wird es schon Abend – der Himmel liegt seit dem Mittag auf den Hausdächern, ganz langsam verblaßt das Augustblau. Mein Freund bittet mich, ein letztes Mal in aller Würde meine Wohnung betreten zu dürfen. Er will seine Sachen packen. Er verspricht, danach zu gehen und mich nicht zu berühren. Ich lasse ihn ein. Er breitet sich aus. Er setzt sich an den Tisch. Er bedient sich aus meinem Kühlschrank. Er hat mich überlistet. Auf Schritt und Tritt folgt ihm der Hund. Ich bitte ihn zu gehen und drohe ihm damit, selbst zu gehen. Wohin bloß? denke ich und habe einen Moment lang das Meer im Kopf. Der Strand ist immer der richtige Platz für mich.

Geh nur, sagt er, ich schlage solange deine Wohnung kaputt. Sogar das nähme ich in Kauf. Ich packe meine Sachen. Im Treppenhaus fällt mir ein, daß ich nicht aus meiner Wohnung vertrieben werden will. Auf der Straße klingle ich. Durch die Sprechanlage bitte ich ihn, herunterzukommen. Laß uns alles vergessen, sage ich. Gehen wir spielen. In dieser Stadt gibt es an jeder Ecke einen Spielsalon. Am Venus Multi vergessen wir uns beide am besten. Da mein Freund immer alle Automaten in einer Nische bespielt, versuche ich mein Glück meist nebenan. Also, gehen wir spielen. Mein Freund wittert den Trick, doch ich beruhige ihn: Den Gewinn teilen wir.
Dann schließe ich mich im Keller ein. Er eilt die Treppe hinunter, ich höre das Holz krachen, die Kellerdecke zittert. Einen Augenblick fürchte ich, er könnte entdecken, daß ich ihm eine Falle gestellt habe, und er würde mich an den Haaren herausziehen. Die letzte

schwere Erschütterung wird von der ins Schloß fallenden Haustür verursacht. Danach Stille. Dunkle ruhige Kellerräume kenne ich nur aus meiner Kindheit. Die Gespenster von damals wohnen noch immer darin, es ist ihr Reich, sie bestimmen, was darin mit mir geschieht. Ich muß wieder ins Helle, das Helle ist mein Reich. Durch die Scheibe der Haustür sehe ich meinen Freund weggehen. Er schaut sich suchend um. Kaum erblickt er mich, hebe ich meine Hand und verschwinde im Haus. Ich bin froh, ich fange an, die Wohnung zu putzen. Er klingelt, ich stelle die Klingel ab. Dann läßt jemand die Haustür auf, und er kommt zur Wohnung heraufgelaufen. Er legt mir einen Schokoladenriegel vor die Tür, durch den kettengesicherten Spalt ziehe ich ihn sachte herein, ein Geschenk. Jetzt sitzt er neben der Klingel, und ich bemerke, wie mein Zorn langsam verraucht. Der Hund, immer auf seiner Seite (obwohl ich ihm das Futter gebe), jammert an der Tür. Ich wünschte, ich hätte mir eine Katze gekauft.

Einen Zuhörer findet man immer in der Stadt, sagt man sich, und wenn es eine Taube ist. Zwar begegnete er mir nicht in der Kneipe, aber es ist ja Sommer, und in der Hitze wird die ganze Stadt zu einem Wohnzimmer. Ob er Vertreter war, weiß ich nicht, jedenfalls trug er Krawatte und Hemd. Er saß auf einem Mäuerchen, wartete auf die Straßenbahn, und unter seinen Armen hatte er zwei dunkle Stellen, in der Form mathematischer Winkelzeichen. Ich habe neben ihm gesessen, und wir haben geredet, als säßen wir auf einem Sofa. Er begann zu trinken, so daß ich ihn duzen konnte. Die Bahn kam lange nicht. Er hatte die Hände unter den Knien verborgen und sah auf seine Schenkel, während ich erzählte. Gleich darauf erzählte er auch eine Geschichte, und da kam mir meine fast heiter vor.

# Bella und Ercan

Es gibt ein Bild von Bella. Dieses Bild ist mir ein Rätsel. Ich fange schon an, mich zu fragen, wie es in meinen Kopf gelangt ist. Eigentlich liegt das Geheimnis nicht in dem Bild, sondern in Bella selbst, die ich erst seit einer Woche kenne. Mit etwas Glück werde ich dieses Geheimnis noch lüften können. In dem Bild, das sich bewegt, rennt Bella die Treppe hinab. Sie achtet nicht auf das Rascheln ihres Kostüms. Ihr dunkelblauer Rock ist hinaufgerutscht und klebt an den Schenkeln. Heftig tritt sie auf, keine Stufe läßt sie aus. Das Haar schwingt, ihre Brüste hüpfen auf und ab, immer eine Sekunde zu spät, um einen Takt zu halten, es sieht aus, als wollten sie die rennende Bella bremsen. Ihr Gesicht ist leicht gerötet, sie wirkt gehetzt. Auf der drittletzten Stufe denke ich, spring doch, aber Bella springt nicht, als müsse sie flink die Stufen zählen. Warum rennt sie so? Es gibt doch eine Sekretärin, die Bella in ihrer Agentur im sechsten Stock vor Anrufen und Besuchen schützt.

Punkt elf führt sie mich an den großen Konferenztisch, der blank ist wie ein Steinway.

Bella im Kostüm, lufthansablau, Polyestertuch im Ausschnitt, wie auf der Vernissage, auf der sie mich ansprach. Dort fragte ich sie nach einem Job, und sie gab mir die Antwort, die ich erwartete: Halten wir Kontakt. Aber Bella überraschte mich. Sie rief an und bat mich in die Agentur. Endlich verrät sie, warum: Für seinen ersten Prospekt sucht ein junger Designer neue Gesichter für Sonnenbrillen. Nicht mein Traumjob, aber Geld für die Miete. Was ist schon ein Photo. Wenn ich ein Photo von mir in der Hand halte, denke ich ans Sterben. Ich knicke das Papier. So wenig werde ich mich noch spüren. Wie abgeschnittene Haare und Nägel, aber wer bewahrt schon abgeschnittene Zehennägel von seinen verstorbenen Liebsten auf? Die Ketten ihrer DNS. Mit Brille erkennt mich sowieso niemand, denke ich, und vielleicht ist eine Fahrt in den Süden drin.
Wo, sage ich zu Bella, soll das Photo gemacht werden? An einem Ort, der etwas bedeutet, erwidert sie, und dabei geht etwas von ihr aus, das mich froh macht. Die meisten Frauen in Bellas Alter (vierzig?) geben mir das Gefühl eines Mangels. Es ist, als säßen ihre Männer mit Strohhalmen im Nebenzimmer und saugten etwas aus der Luft, ein unsichtbares Mark. Bella vermißt nichts. Das Haar hat sie streng nach hinten gekämmt, und ihr Mund ist heute bestimmt der röteste aller Münder. Waren Sie schon im Osten? sagt sie. Mit Osten meint sie

den Teil, der früher mal eingemauert war. In Leipzig, sagt sie, soll es Ruinen geben. Hinter der Mauer bin ich nie gewesen, sage ich. Dafür mal auf einer Insel, wo es auch eine Mauer gibt. Cäsars Geburtstagsgeschenk an Kleopatra, was sie wohl sagte? Und dort war ich hinter der Mauer, im Osten, und zwar, sage ich zu Bella, mit meinem Georg. Wir beide, vierzehn Tage in eine fremde Landschaft verpflanzt. Aber das Entscheidende ist erst bei der Abreise passiert, und wo es geschehen ist, da wäre mein Ort. Bella nimmt sich das Feuerzeug, ihr Daumen liegt auf dem Rädchen. Erzählen Sie, sagt sie, und also erzähle ich ihr folgende Geschichte: Ende unseres Urlaubs. Ich neben Georg auf dem Flughafen. Seit Stunden warten wir auf den Abflug. Keiner weiß, wie lang noch. Seit dem Morgen steht unsere Maschine vor dem Fenster, dahinter der Himmel, hellblau. In Frankfurt heißt es: Nebel, so dick, daß darin Flugzeuge hängenbleiben. Kaum zu glauben. Die Fluggäste sind lahm, Pflanzen, die man vergessen hat zu gießen. Sitzen in grellen Plastikschalen und wissen nichts mehr mit ihren gebräunten Körpern anzufangen. Bewegen ihre Füße, als gehörten sie nicht zu ihnen. Verbitterte Gesichter – ich weiß es nicht –, zusammenfallende vielleicht; mich jedenfalls verbittert das Warten. Ganz anders Georg. Sein Laptop ist seine Zuflucht, und wie eine Schnecke ihr Haus hat er ihn immer dabei. Das spricht für ihn. Aber nicht jetzt. Nur herein, sagt ihm der vertraute Piepton, legen Sie alles ab. Der Bildschirm leuchtet wie eine frische Welt, und Georg schaut durch die Halle, sieht aber nichts. Er ist in diesem inneren Schloß, zu dem keiner Zutritt hat. Nicht wie Bella, die mir gegenübersitzt. Ihre Hände sind vor ihren Bauch gesunken. Sie sieht mich, vielleicht durchschaut sie mich sogar. Aber was hieße das schon? Daß ich sie auch durchschauen müßte? Wenn wir beide wüßten, was wir voneinander wollen, dann könnte ich ihr sagen: Eigentlich mache ich lieber selbst Bilder. Sie wird es noch merken. Aber ich glaube, ich durchschaue Bella nicht, ihr Mund dehnt sich jetzt, ein Lächeln wäre zuviel gesagt, von einem Delphin sagt man ja auch nicht, daß er lächelt. Georg und ich sind jeden Tag am Strand gewesen. Wir wohnten bei seiner alten Freundin. Seit der Trennung von ihrem Mann lebt sie mit ihren zwei Kindern auf der Insel. Während ich die Geschichte der Insel studierte, erzählte sie Georg aus ihrem Leben. Und Georg hat es mir erzählt. Ein Kind ist wie eine Erleuchtung, soll sie gesagt haben, entweder man hat sie oder nicht. Georg hat sie nicht (Bella wahrscheinlich auch nicht). Aber er hat, als er mir von dieser Frau erzählte, in mir einen Wunsch geweckt. Zum ersten Mal wünschte ich mir ein Kind. Aber nicht von Georg. Er dürfte auf keinen Fall der Vater sein.

Was hätte er außer seinen blauen Augen zu vererben? Augen sind nie blau, unterbricht mich Bella, dieses reine Blau ist eine Illusion, vermittelt durch irgendein durchsichtiges Häutchen. Na ja, sage ich, eben diesen Blick, für den er berühmt ist; Georg ist Reporter. Für fremde Menschen hält er die Augen stets offen, unsere gemeinsamen Stunden sind die einzigen, in denen er sie schließt. Das ist unser Friede. Ohne ihn könnten wir nicht miteinander leben. Abends, sage ich, essen wir zusammen, und wenn er mir Wein nachschenkt, sehe ich das Fleisch an seinem Arm. O du weiches Fleisch, denke ich dann und überlege, warum es mir gefällt und warum es an dieser Stelle zuerst zittert oder überhaupt immer lockerer wird? Der Grund dafür, rede ich mir ein, ist Georgs Härte. Mit seiner Härte beherrscht Georg alles, sich selbst am besten. Mein Kind soll nicht hart sein. Mein Kind soll immer sagen dürfen, was ihm fehlt, sofern es das weiß. Nicht sich verschließen wie Georg, der sich weigert, daran zu denken, daß er einmal im Jahr die Tränen nicht zurückhalten kann: vor dem Weihnachtsbaum. Er vergißt es einfach, wenn das Wetter warm ist.

Sie waren auf dem Flughafen, und es stand etwas bevor, sagt Bella. Ja, sage ich, etwas ganz Unglaubliches, aber im Moment sitze ich noch da und werde langsam schlapp; ich strecke die Beine und stelle mir vor, es seien Fühler. Vor mir zwei Fliegen, sie krabbeln auf dem spiegelnden Boden aufeinander zu. Die eine dreht einen Bogen, die andere verfolgt sie, hebt ab, um gleich wieder auf dem Rücken ihrer Genossin zu landen. Ein leises, aber gewaltiges Aufbrummen, dann fliegen beide weg. Es folgt eine Durchsage. Keiner von uns versteht sie. Ich hebe den Kopf und lese MICRO- in Großbuchstaben auf einem Karton. Den Rest sehe ich nicht, ein junger Mann in weißer Jacke sitzt davor. Er muß meinen Blick gespürt haben, denn jetzt lehnt er sich zurück, gibt die Sicht auf das Wort frei: WORLD, und vom W sehe ich auf sein Profil. Überall betrachte ich Gesichter, bis mir schwindlig wird. Ich verändere einzelne Partien, hebe die Wangenknochen, denke mir Schmuckpunkte hin, Pickel und Warzen weg. Alles, was ich in den Gesichtern ersetze, hätte ich mir aus seinem Gesicht holen können. Wahrscheinlich wartet er auf dieselbe Maschine. Plötzlich Zeitnot. Georg schreibt, bärtig und mager, hebt wieder den Kopf, darauf der blinde Blick durch die Halle. Soll er schreiben. Keine Sekunde wird er sich entfernen. Er wird sein Leben zusammenhalten und meines dabei zerreißen. Und ich? Bin ich nicht wie Georg, wenn ich tatenlos hinübersehe? Der junge Mann, ich nenne ihn Ercan, so heißt der Ort, schaut zu mir her, den Arm auf den Karton gestützt. Schnell weg von Georg. Sonst nehme ich noch seinen Geruch an. Mit der Geste, mit der man einen Schnaps kippt, flüstere ich MOKKA. Allein? sagt Georg. Ich nicke, gehe. Drüben an der Bar nehme ich mir eines der Brötchen, die inzwischen von der Fluggesellschaft angeboten werden. Ein Brötchen, blaß wie roher Teig, es schmeckt ungebacken.

Ercan, sage ich zu Bella, steht auf und kommt an die Bar. Seine Haut hat überall dieselbe Farbe, sieht aus, als werde sie von innen angeleuchtet.

Excuse me, sir, sage ich, denn er spricht kein Deutsch. Haben wir beide dasselbe Pech? Er sagt nichts, schaut hinaus. Im Sonnenlicht streckt ein uniformierter Sicherheitsmann die Arme, der Lauf seiner MP ragt in die Luft wie ein drittes, verkrüppeltes Ärmchen. Noch immer nichts von Ercan. Plötzlich kommen mir meine Worte wie Zahlen vor. Irgendwann treffe ich die Kombination, mit der ich ihn öffne. Dann wird er schon sprechen. Ich hätte gerne gesagt, du bist der schönste Mensch, der mir je begegnet ist, frage aber statt dessen, ob er wichtige Geschäfte verpasse. Er vertraue auf Allah, sagt er, und auf diese Sicherheit war ich nicht vorbereitet. Ich trinke meinen Mokka. Und weil auch Gesten einen Menschen öffnen können, stelle ich das Täßchen auf den Kopf. Er versteht sofort. Er hebt das Täßchen. Das mit dem Kaffeesatz, sagt er, habe er von

seiner Großmutter gelernt. Eine schöne Frau, sagt er. Das zweite glaube ich ihm.
Er sehe zwei Personen, sagt er, eine dicke und eine dünnere, die mich beobachten. Die Eltern vielleicht? Die dünne ist Georg, da bin ich sicher. Die dicke vielleicht ich – in Selbstbetrachtung versunken. Dann geht es schnell. Ercan beugt sich zu mir, will wissen, ob ich schon verheiratet bin. Er hält mich für jung, das ist gut. Zwischen zwei Knöpfen wölbt sich sein Hemd nach vorn. Durch den Spalt sehe ich seine Brust. Energisch schüttle ich den Kopf.
Und der Mann?
Bruder Georg, sage ich. Er entschuldigt sich für die Frage. Verdammte Höflichkeit. Ich verfluche seine Eltern, seine Großeltern, seine Brüder, seine Kultur. Er erzählt mir von ihnen und von den Tieren, die er liebt, von Schafen, Katzen, einem Esel. In seinen Augen suche ich Glanz, diesen Glanz, den man gewöhnlich erwähnt, wenn man von Kindern spricht. Über die Brükke der Tiere gelange ich zu ihm. Dann meine Frage: Züchten Sie auch?
Die Schafe vermehren sich einfach. Die Katzen ebenso. Der Esel nicht. Der gehört der Großmutter, sagt er, als sei das die Entschuldigung dafür.
Bella ist vermutlich auch froh, daß Georg mittlerweile nicht einmal mehr den Kopf hebt. Kaum war von den

Tieren die Rede, legte sie das Feuerzeug beiseite. Und ich rede sowieso am liebsten von Tieren.

Also, sage ich, hundert Schafe vor dem Haus. Ercan schüttelte den Kopf. Sechsundfünfzig, darunter zwei Böcke. Kurz bevor der Frühling kommt, sagte er, ist es soweit. Die vielen Leiber, ein Meer, das sich bewegt. Woher wußte Ercan so genau, was ich hören wollte? Stellen Sie sich vor, Bella, sage ich, das Land ist grün zu dieser Zeit, tagsüber ist es warm genug für bloße Haut. Eine Gestalt taucht aus den Rücken auf, ein doppeltes Schaf. Manchmal knicken dem Weibchen dabei die Vorderbeine ein, und es fällt auf die Knie. Dann rede ich von den Jungen, von Lämmerzungen, vom nassen Fell bei der Geburt. Von den Mutterschafen, die das Lecken nicht lassen können. Von den Lämmern, die beim Trinken ihre Mäuler ruckartig in die Euter stoßen, und dazwischen wieder von Ercan, der, wenn er lächelte, einen schmalen schwarzen Spalt entblößte, zwischen zwei hellen Schneidezähnen. (Ich sage sogar wörtlich zu Bella: Glauben Sie mir, sein Zahnfleisch ist rosa, seine Brustwarzen dunkel, denn ich glaube, Bella hat, wie alle Frauen, einen Sinn für Farben.)

Dann, sage ich, schaute Ercan auf meine Zeichnung. Bella zuliebe zeichne ich sie nach, wieder, wie damals am Flughafen, auf eine Serviette.

Jetzt lächelt Bella zum ersten Mal wirklich. Bilder sind eben Safeknacker. Kommen Sie mit, sagt sie, und ich folge ihr in ein Nebenzimmer mit Ledersofa. Ein bequemeres Fleckchen, sagt sie. Das habe ich mir mit Ercan auch gewünscht, sage ich. Aber wo findet man so was auf einem Flughafen. Also blieb ich an der Bar sitzen, und Ercan erzählte mir von den Katzen.
Nachts, sagte Ercan, schreien die Katzen. Es habe mit der Beschaffenheit ihrer Körper zu tun. Die nähere Erklärung brachte ihn an die Grenzen seines Englisch.

Und Deutsch, sagte er, verstehe er nicht. Obwohl er es schon oft gehört habe, er liebe den Klang der deutschen Sprache. Er will selbst nach Deutschland, eines Tages. Er sagte, ich solle ein paar deutsche Sätze für ihn sagen. Ich sagte das Übliche. Wie geht's, bitte, danke, ich liebe dich. Ich übersetzte alles. Er wollte etwas Klangvolleres hören. Ein Gedicht am liebsten. In manchen Momenten kann ich keine Gedichte aufsagen. Ich muß über meine Ausweglosigkeit reden. Ich stehe jetzt auf, sagte ich, gehe in den Waschraum, der hier weiß gekachelt und warm ist. Darin eine Standwaage und ein Spiegel, sonst nichts. Ich will, daß du mir folgst. Ich werde mich auf die Waage stellen und meinen Rock hinaufschieben. Stell dich bitte hinter mich, ganz dicht, und öffne deine Hose. Laß deine weiße Jacke darüberfallen, damit es keiner sieht. Drücke mich, als ob du zum Spaß mein Gewicht vergrößern wolltest. Mache dich lustig über meine Pfunde. Bewege dich langsam und halte mich, wenn ich falle. Sprich mir leise das Wort Schoß nach. Oder lenke mich ab – an deinen Samen darf ich jetzt nicht denken. Ein Tropfen wäre genug. Ich will ohne dich nicht mehr leben.
Wie klingt das für ihn? Einmal, sage ich zu Bella, hat eine amerikanische Freundin mein Deutsch imitiert. Sie hat mit einem harten R begonnen und abgehackte Silben aneinandergereiht. Ihr Gesicht war fast schmerz-

haft verzogen. Zum Schluß hat sie tief aus der Kehle gefaucht, bis ihr die Luft ausging, und ich habe mich geschämt. Das gehört nicht zur Geschichte, sagt Bella, damit hat sie recht.

Plötzlich also der Gedanke, daß Ercan mich doch versteht. Er schaut mich nur an. Und dann: kommt von hinten Georg durch die Halle gelaufen, den Laptop unterm Arm, hinterm Ohr den Stift, die Brille fast auf der Nasenspitze. Ercan richtet sich nach vorn, als sei er ertappt worden.

Wollte er was? fragt Georg. Nein, sage ich, er wartet. Viel zu lange starrt Georg auf den Kaffeesatz vor mir. Was unsere Sicherheit betrifft, sagt er, schlimme Zustände. Darüber schreibe ich. Die positive Seite dieser Katastrophe. Ob es die gibt, denke ich und nehme die Kamera ans Auge.

Georg, setz dich, sage ich. Ich will ein Bild. Das Klicken des Apparats wird von einer neuen Durchsage übertönt. Ercan wendet sich an Georg. Ihre Maschine steht bereit, sagt er.

Georg nickt ihm zu und schiebt mich, seine Hand in meinem Rücken, vorwärts. Mit der anderen weist er den Weg. Die Deutlichkeit der Geste läßt mich innerhalb einer Sekunde verzweifeln. Ich tue den ersten Schritt und schenke meinem Geliebten einen letzten Blick, den er erwidert. Am Ausgang eine Menschentraube. Das

Wertvollste der Welt hängt an meinem Hals: die Kamera. Ich habe sie nicht mehr aus der Hand gegeben. Denn ich wußte, auf diesem künftigen Bild, aufgerollt im Gehäuse, würde im Dunkel, hinter Georgs erschöpftem Gesicht, die Wange des einzigen Menschen leuchten, mit dem ich mich vermischen möchte.

Dieses Photo würde ich gerne sehen, sagt Bella und lehnt sich zurück. Schicken Sie es mir nach Hause, sagt sie noch und gibt mir ihre Karte, und dabei fällt mir auf, daß sie gar nicht Bella heißt, sondern Britta, ein Name, der nicht zu ihr paßt, und aus Rücksicht auf sie und mich beschließe ich, sie weiter Bella zu nennen.

# Mein Soldat

Morgen werde ich nicht mehr allein sein.
Ich liege auf dem Bett und schaue auf zwei Minarette. (Eigentlich liege ich auf dem Bett und denke an meine Freundin, ihr würde diese Geschichte gefallen.) Die Minarette ragen in die Luft wie steinerne Raketen. Ich freue mich auf den morgigen Tag, obwohl es ein Sonntag ist. Erschöpft kam ich an, und seither jubelt es in mir. Ich rollte mir die Strümpfe von den Beinen, die Strümpfe, die durch die Hitze welk geworden waren. Jetzt hängen sie am Balkongeländer, verlassene Haut einer Frau.
Von oben sah ich, wie erwartet, Soldaten. In kleinen Gruppen schlenderten sie die Straße herauf. Ich verglich ihre geschorenen Köpfe, und sie erschienen mir alle barbarisch. Der schutzlose Rest in ihren Gesichtern sträubt sich noch gegen eine Härte, die ihnen verordnet wird, und das macht sie schön. Immer an derselben Stelle drehen sie um und verschwinden unter den jungen Platanen. Einem Soldaten zuliebe bin ich hier. Im Hotel weiß es jeder, aber niemand spricht darüber. Vom Schweigen des Personals profitiert das Ho-

tel. Trotzdem habe ich Angst, ich könnte entdeckt werden, jetzt, wo ich es fast geschafft habe.

Das Zimmer ist klein. Die Wände sind weiß gekalkt, sie sind rauh. Wenn ich sie nachts versehentlich streife, reiße ich mir den Handrücken auf. Die Wände sind bis in Schritthöhe gekachelt. Das erinnert an ein Krankenzimmer, an den Willen zur Hygiene, vielleicht ans Sterben. Ich habe das Zimmer nur zweimal verlassen. Das erste Mal war es noch hell. Ich wollte die Stelle sehen, an der die Soldaten verschwanden. Ich stellte mir vor, man könnte von dort bis zur Kaserne blicken, man könnte die Soldaten beim Manöver sehen. Aber ich kam an einen großen Platz, in dessen Mitte das Denkmal eines osmanischen Kriegers steht. Von dort führt eine Straße den Berg hinauf, verzweigt sich und verschwindet zwischen den Häusern. Ich hatte nicht den Mut, den Soldaten weiter zu folgen. Das zweite Mal – es war bereits dunkel – saß ich auf der Terrasse des Speisesaals. Ich war der einzige Gast. Der Kellner ließ mich nicht aus den Augen, auch er ist eingeweiht. Nach einem Jahr in der Kaserne blieb er in der Stadt und heiratete das Mädchen, das sich ihm neun Monate (heimlich) hingegeben hat.

Anfangs behandelte er mich wie eine gewöhnliche Touristin, er riet mir zu einem Besuch des einzigen Museums am Ort, erbaut auf einer kaum erhaltenen antiken

Stätte. Er bemühte sich um einen freundlichen Ton, dringender brauchte ich einen Verbündeten. Ich erzählte ihm, daß keiner der Menschen, mit denen ich lebe, weiß, daß ich einem Soldaten hierhergefolgt bin. Nach einer Nacht im selben Zugabteil hatte ich das Gefühl, er sei der Mensch meines Lebens (meine Freundin glaubt, daß es so etwas gibt). Morgen wird der Kellner nicht mehr mit mir sprechen. Morgen esse ich nicht mehr allein. Kaum waren die Soldaten verschwunden, kamen die Töchter aus ihren Zimmern. Der Himmel war schwarz und die Lichter in den Häusern weiß und hart. Die Eltern ließen ihre Mädchen frei. Die Stadt atmete auf. Es fiel sogar Regen, genug, den Staub von der Straße zu waschen, auf der die Mädchen mit ihren Freundinnen barfuß gingen.

Verkehrslärm dringt in mein Zimmer, aber das macht mir nichts aus. Ich freue mich, daß es keine Kirchgänger gibt, ich freue mich, daß es keine Gekreuzigten gibt, ich freue mich, daß meine Eltern mich nicht zur sonntäglichen Ermahnung anrufen können, ich freue mich, daß mein Mann mir kein Bach-berieseltes Frühstück serviert, ich freue mich, daß keiner weiß, wo ich bin, ich freue mich, daß ich die Geschichte des Landes nicht kenne, ich freue mich, daß es keine unbeschnittenen Männer gibt, ich freue mich, daß es kein Schweinefleisch gibt, ich freue mich, daß man mich hier nicht versteht. Ich freue mich, daß die Straße von Soldaten wimmelt. Wenn bloß alles gutgeht.

Am Morgen schreckt mich eine Stimme auf. Wahrscheinlich hat man mich entdeckt. Was hat die Polizei hier sonst schon zu tun? Die Soldaten sind unberührbar. Für das Öffnen der Knöpfe an ihren Uniformen ist die Militärpolizei zuständig. Die Einheimischen wagen sich nicht auf die Straße. Also bleiben der Polizei nur Fremde wie ich. Schöpfen sie Verdacht, genügt ein Hinweis an die Kaserne. Wie Tiernester, erzählte der Kellner, heben sie die Zimmer aus. Aber plötzlich, gleich einer Entwarnung, schallt die Stimme aus allen Richtungen: Der Muezzin ruft vom Tonband, Beten sei besser als Schlafen.
Kurz darauf sind die Straßen voller Menschen, und ich fühle mich sicher: Hochzeits- und Beschneidungsparaden ziehen durch die Stadt. Knaben, als Prinzen verkleidet, werden auf Viehwagen durch die Straßen gefahren. Die Bräute verbergen sich hinter Autofenstern. Die Prinzen weinen, die Bräute weinen. Der Gedanke an den Verlust ihrer Häutchen treibt ihnen Tränen in die Augen. Wo die Kolonnen verschiedener Familien aufeinandertreffen, gibt es Hup- und Fluchkonzerte. Dazwischen die Soldaten. Sie lächeln über die Prinzen und über die Bräute. Oh, sagen die Soldaten, wie's heut

abend wieder knallen wird. Dann sind sie ruhig, wahrscheinlich denken sie an die Nächte, in denen sie zum Zerreißen gespannt auf den Pritschen im Saal liegen, in dem Saal, wo Schnarchen nicht geduldet wird. An die Baracken, wo ihnen kein Fleckchen gehört, nicht einmal die eigene Haut. Wo vor dem Klo einer auf die Uhr schaut und, wenn's zu lang wird, Meldung erstattet.
Für die Soldaten, sagte der Kellner, scheint alles Weibliche wie eine unerreichbare Erlösung. Er erzählte mir, wie er und seine Kameraden mit kleinen Fleischbrokken streunende Hündinnen angelockt hatten.
Kurz vor elf Uhr klopft es an meine Tür. Der Kellner fragt, ob ich frühstücken wolle. Er blickt an mir vorbei ins Zimmer, während ich ablehne. Später, gegen zwölf, höre ich Schritte. Sie gehen vorbei, kehren um, sie verharren. Einer steht vor meiner Tür, denke ich. Kommt er herein, macht er sich strafbar. Da klopft es. Die Tür geht auf, und ich schaue auf einen Fächer aus roten Gladiolen. (Die Lieblingsblumen meiner Freundin.) Der Fächer schwankt etwas, er schwankt im Herztakt des Soldaten, der den Strauß wie eine Maske vor seinem Gesicht trägt. Er läßt den Strauß sinken und legt seine Wange an die meine. Seine Hände umfassen meine Ellbogen. Wie ein harter Pinsel streift sein blondes Haar meine Stirn. Und plötzlich stehen wir mitten im Zimmer. Wir reden, ich weiß nicht, was. Wir kennen uns

flüchtig. Nicht ohne Angst um mich versuche ich, das Welken der Blumen zu verhindern. Jetzt liegen sie im Duschbecken und schimmern durch den Vorhang wie ein in Eis gefrorenes Organ.
Sofort nach seiner Ankunft verändert sich das Zimmer. Vorher hatte nur der leichte Abdruck eines Körpers auf dem Bett einen Menschen verraten – jetzt ist es ein bewohntes Zimmer, und wer hier wohnt, schämt sich nicht, mit den Dingen in Berührung zu kommen. Der Soldat hat seine Tasche geöffnet. Als wolle er einen Schatz mit mir teilen, reicht er mir, was er daraus hervorzieht: eine schwarze Lederjacke, in der man draußen vor Hitze sofort ohnmächtig werden würde, etwa zwanzig unterschiedliche Paar Socken aus harter Wolle sowie Handschuhe und Mützen aus demselben Material, zusammengefaltete Baumwollstoffe mit kleinen, geometrischen Mustern, unzählige Rollen Bindfaden in allen Farben, die sich bereits abwickeln und alles wie ein Netz umgarnen, ein Teeservice aus Blech, mehrere leere Glasfläschchen mit Korkverschlüssen, ein Päckchen flacher türkischer Zigaretten und einige Photographien, die ihn mit seinen Kameraden am Feuer sitzend zeigen. Unklar bleibt, ob es sich hier um Geschenke handelt.
Seine Uniform ist naßgeschwitzt, und er legt sie in einem Zug ab. Er stellt sich zu den Blumen ins Dusch-

becken. Ich streiche ihm übers Gesicht. Ich habe das Gefühl, wir müssen uns beeilen. Er scheint mir ungeheuer schön. Dann preßt er mich aufs Bett, als müsse er mich niederhalten. Über seine Schulter sehe ich meine Reisetasche auf dem Bett gegenüber und erschrekke. Sie erinnert mich an mich selbst. Ich will nicht dauernd für die Liebe zuständig sein. Etwas in mir bewirkt, daß man mit mir immer über die Liebe sprechen will. Vielleicht habe ich mich so lange mit der Liebe beschäftigt, daß ich inzwischen nicht mehr weiß, worüber ich mit den Menschen sonst sprechen soll. Immer ende ich bei der Liebe. Vor dem Kellner schwärmte ich von den weißen Bergen hinter der Stadt. Der helle Grund, das schwarze Gestrüpp, sagte ich, erinnert mich an die Teppiche türkischer Bauern. Sie übernehmen die harten Kontraste und die Verteilung der Formen in ihr Gewebe. Sie möchten sich dem Land nähern, ohne daran zugrunde zu gehen. Sie hängen an ihrem Land, sie möchten sich darüberlegen und sich lieben.
Am Nacken des Soldaten läuft ein Tropfen hinunter, den ich mit dem Finger abtupfe und dem Soldaten auf dem Rücken verstreiche. Nur ein Klopfen an der Tür könnte uns aufhalten. Ich wäre die Geschändete, ihn würde man abführen, ab in den Arrest, wo ihn der junge Major mit einem Kopfnicken zu sich befehlen und ihn, wenn er wollte, in die Backe zwicken dürfte. Der

Soldat hebt mir das Kleid und preßt sich an meinen Bauch. Sein Herz rast, ich streichle seinen Kopf. Eine Sekunde lang erstarrt er bis in die Fingerspitzen, dann löst er sich von mir. Ein roter Fleck unterhalb meines Nabels, darin, glänzend, weiße Fäden. Sofort stelle ich die Unversehrtheit meines Körpers fest – es ist sein Blut. Es fließt aus dem Riß in seiner Haut, knapp unterhalb der Öffnung, aus der noch Sperma quillt. Ein Anblick, den ich mit Bildern verdecke, die mich schon lange begleiten: die Wunde am Widerrist eines Stiers, alltäglicher noch – eine überreife, aufgerissene Frucht, nichts, was die vertraute Gewalt übersteigt. (Für meine abwesende Freundin:

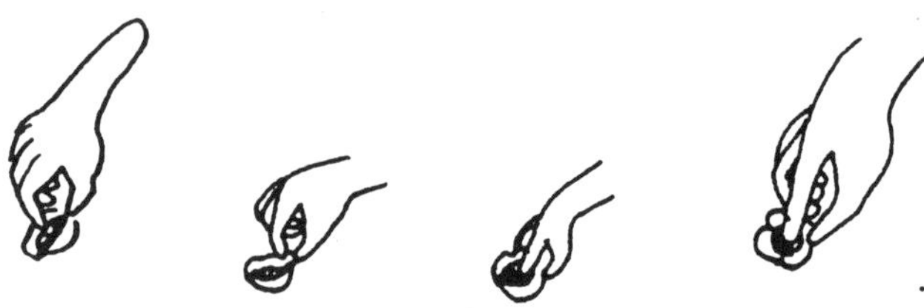

.)

Der Soldat flucht. Ein Handtuch an sein Geschlecht gepreßt, rennt er ins Bad, und ich höre das Wasser rauschen. Mein Kleid ist blutig, das Laken ist blutig, die Kacheln sind blutig. Eine Sekunde lang denke ich an eine Gottesstrafe. Oder der Major hat ihn im Schlaf angeritzt, dort sollte die Haut planmäßig reißen, sobald seine Lust am größten wäre. Ich sehe dem Soldaten zu, der sich wieder in seiner Uniform verbirgt, und weiß, meine Flucht ist mißlungen. Der Soldat geht, eine Entschuldigung murmelnd, ohne mich anzusehen. Jeder zahlt auf seine Art, nur das beruhigt mich. Ich wische das Blut weg, ich weiche Kleid und Laken ein. Später sitze ich auf dem Bett, benommen vom Alleinsein, und der Kellner ist der einzige Mensch, der weiß, wo ich bin.

## Dies ist nicht meine ganze Geschichte

Heute besteht meine Welt aus einem einzigen Menschen. Wäre ich reich und mächtig, wären es bestimmt mehr. Ich versuche, die Anzahl der Menschen zu vergrößern, aber das ist ab dreißig nicht mehr so leicht. Seine tastenden Hände bilden die Grenzen meiner Welt. Seine Säfte fließen in mir zusammen. Die Frage, ob das eine Verbindung, wie etwa eine Brücke, zwischen uns darstellt, kann ich nicht beantworten. Er zeigt mir die Welt, wie ich sie mir wünsche. Deshalb habe ich ihn ausgesucht.

Er hält zwei Ecken eines Tuches, auf dem das Abbild der Welt zu sehen ist. Die anderen beiden halte ich selbst. Daraus geht hervor, daß das Tuch rechteckig ist, eine einfache geometrische Form also, die, je nach ihrer Proportion, eine gewisse Harmonie nicht ausschließt. Wenn er bei mir ist, darf kein anderer anwesend sein. Ich verbringe die meisten Stunden mit ihm. Er ist meine Langstreckenbekanntschaft. Er ist ausdauernd und freundlich. An seinen runden Schultern reibe ich mich mit jedem Fleck meiner Haut. Die Schultern sind unbehaart. Der ganze Körper ist unbehaart. Seine Schul-

tern sind die Stelle, an der ich mir seine Kraft abzapfen kann. Er ist mein Generator, dieser Freund, und ich bin seiner.
Eines Tages steige ich in den Zug und fahre in ein südliches Land. Dorthin, wo Europa und Asien durch eine Brücke verbunden sind. Er fährt mir nach. Abends schlendern wir von einem Kontinent zum anderen hinüber, und in der Mitte rasten wir und essen einen Fisch. Die Brücke macht uns riesengroß. Auf unserem Weg von Europa nach Asien gesteht er mir, daß er drüben einen Turm besitzt.
Ich könnte, sage ich mir, überall allein hingehen. Er gibt mir das Gefühl, ich käme ohne ihn zurecht. Er läßt mich nicht aus den Augen. Seine Schultern sind immer in der Nähe. Ich bin so, daß mich ihre Anwesenheit beruhigt. An den Schultern erkenne ich seinen Schwanz.
Nachmittags verschwinden wir im hölzernen Turm, steigen endlose Treppen hinauf, durchqueren die Wohnung eines Säufers und seiner Frau (er ist nicht zu Hause, aber seine Brut, die mir beinahe die Lust raubt). Wir steigen hinauf bis unters glühende Dach und trösten uns mit dem tröstlichsten aller Organe, der Zunge. Seine Haut schmeckt mir, seine salzige Haut.
Ich werde ihn nicht los. Er klebt an mir. Ich schlucke seinen Samen, ich schlucke seinen Schweiß und schwit-

ze ihn wieder aus, und er nimmt ihn wieder zu sich. So schenken wir unser Salz hin und her. Ich steige in den Bus, der nach Pamukkale fährt. Ich will nicht mit ihm zusammenwachsen wie ein siamesischer Zwilling. Im Bus sitzt er hinter mir. Vor mir sitzt eine Frau, die ich für eine Engländerin halte. Sie reist allein und hat kaum Gepäck. Die weißen Kreidefelsen sind trocken. In der Hitze liegen sie da wie die Zähne eines toten Riesen. Menschen klettern darauf herum. Wenige, von Füßen breitgetretene Pfützen. Ich will das Wasser nicht berühren, es ist gelb und stinkt, als seien es Urinpfützen. Ich muß mich früh schlafen legen, eine Müdigkeit vortäuschen, um endlich endlich allein zu sein.
Kaum ist er fort, verlasse ich das Hotel. Am Empfang: ein junger Mann mit runden Schultern, unbehaart. Ich erkenne die Fäuste, den Mund, der jetzt spricht. Er bittet um einen Kuß. Er weint. Ich gebe keinen Kuß heraus. Er wird meine Welt nicht erschüttern. Samen ist im Überfluß vorhanden. An einem Sommertag wie heute würde er gern verspritzt werden. Türkische Frauen sieht man so gut wie nie. Ich laufe die Straße hinab und bekomme Samen geboten, den ich höflich, warum eigentlich, ablehne. Die Jungs schauen erwartungsvoll wie Vögel, bevor sie anfangen zu jammern. Sie möchten platzen. Platzen und sich über Europa verteilen. Heute abend überlege ich mir nichts zweimal. Es wird

dunkel. Ich glaube gerade, ich bin die einzige, die allein ist, da sehe ich die Frau aus dem Bus. Ich halte sie für eine kluge Frau. Klug, weil sie ihr Gepäck selbst trägt. Ich will auch allein sein. Aber nicht so wie sie. Ich will allein sein und feucht.

Niemand kennt mich. Nicht einmal A., der jetzt in irgendeiner Bar sitzt und, weiß man's, vielleicht so eine englische Frau küßt? Mit reinem Herzen kann ich sagen, ich möchte, daß er sich nimmt, was er will. So rein ist mein Herz sonst selten.

Keiner wirft mir vor, ich sei eine Leichte, obwohl mich alle dafür halten. So aus der Ferne lieben sie mich dafür. Vom Straßenrand aus bin ich die Frau ihrer Träume, ohne schön zu sein. A. bestreitet das. Alle lieben mich hier. Es ist wie im Himmel. Als hätte sich die ganze Feuchtigkeit der versiegten Quellen in die Hoden der Männer zurückgezogen und stünde nur mir unbegrenzt zur Verfügung. Ihr Samen ist weiß und dickflüssig wie die Creme, die ich mir abends auf die Augenlider tupfe, damit sie nicht austrocknen. Ein Gefühl, als sei ich in den Cremetopf gefallen. Später komme ich an einer Bar vorbei, sofort erkenne ich A. an seinen Schultern. Er ist allein und schlürft ein tiefblaues Getränk, in dem, wie im Nordmeer, Eisstückchen treiben. Ich berichte ihm vom Weinen des Portiers. Er ballt seine Fäuste. Er wird den Jungen schlagen. So kehren wir rasch ins Hotel zurück. Ich folge ihm, seine weißen Hosen leuchten in der Nacht. Ich freue mich auf das Gewitter, das zwischen den beiden ausgetragen werden soll, die warme Nacht, das warme Blut. Die Rezeption ist verlassen. Der Portier hat die Tür des Nebenzimmers hinter sich geschlossen. Die spastischen Bewegungen seiner Hand am eigenen Leib haben den Jungen für heute gerettet. Ich schließe mich mit A. in ein Zimmer ein. In Strömen rinnt ihm der Schweiß. Ich wasche ihn mit meiner Zunge. (Schon meine Mutter nannte meine Zunge einen Waschlappen.) Aber auf einmal stürzt A. ab und zieht mich mit sich. Dafür weiß ich keinen Grund. Und wenn mein Generator nichts mehr hergibt, dann ist das Leben flau, und wir liegen in den Betten und atmen flach wie zwei erschöpfte Tauben.

# Seine Hochzeit

Entweder mein Geliebter hat etwas getan, was er nicht wollte, oder ich kenne ihn schlecht. Unsere Blicke treffen sich, aber in dem Moment ist er wirklich nur der Bräutigam einer jungen türkischen Frau; sie sitzt an seiner Seite. Er sieht mich an, wie er die anderen zweihundert Menschen ansieht, keine Sekunde lang. Zwei Verbrecher, denen der Prozeß gemacht wird, so sitzen er und seine Braut an dem kleinen Tisch. Alle Gäste im Saal sehen auf das Paar, und das Paar sieht zu Boden. Nicht viel hätte gefehlt, und ich wäre es, die neben ihm, im weißen Kleid; ich bin nicht sicher, ob die Braut das weiß. Ein Jahr lang habe ich jeden seiner Anträge abgelehnt. Es ist nicht geglückt, mich in einer fremden Familie zu verstecken.
Zum letzten Mal haben seine Angehörigen mir heute einen Platz an ihrem Tisch angeboten. Ich sitze an der Grenze der Verwandtschaft ersten Grades zur Verwandtschaft zweiten Grades. An dieser Stelle stoßen zwei Tische zusammen. Wo die gerundeten Kanten sich treffen, entsteht ein Spalt. Alle Tische sind mit Tischdecken aus Papier bedeckt. Allmählich gebe ich

die Hoffnung auf, meinen Geliebten unter vier Augen zu sehen. Ich zeichne auf die glatte Fläche. Ich zeichne schnell, ohne den Stift abzusetzen, wie immer, wenn ich aufgeregt bin. Das Paar.

Das Paar, das Paar. Die Zeichnung leuchtet keinem ein. Für mich ist jeder Strich Beschwörung.

Der Stuhl, auf dem ich sitze, ist nachträglich in die Tischrunde eingefügt worden. Ich muß mich entscheiden, auf welche Seite der beiden Tischbeine ich meine Füße stellen soll, nach rechts, zu den Schwestern, die ohnehin schon gedrängt sitzen, oder nach links, zum Onkel, der aus Adana angereist ist. Er versteht kein Wort Deutsch. Natürlich entscheide ich mich für die Schwestern.

Schon den ganzen Tag habe ich mit ihnen verbracht. Sie bedienten mich und sprachen mit mir wie mit einer Freundin. Kurz nach meiner Ankunft, am Morgen, verglichen wir unsere Abendkleider, und sie zeigten mir ihren Schmuck. Sie bedauerten mich, weil ich keinen Schmuck besaß, und liehen mir eine Kette. Es gab soviel zu besprechen. Kaum fiel der Name meines Geliebten, verstummten die Schwestern oder lenkten das Gespräch auf ein anderes Thema. Vor unerwarteten Fragen schienen sie sich zu fürchten. Die Eltern meines Geliebten haben nie viel mit mir gesprochen. Nie haben sie sich nach meiner Familie erkundigt, auch nicht nach meinem Beruf. Sie sagten mir guten Tag und auf Wiedersehen, dazwischen sprachen sie ihre eigene Sprache. Sie waren es, die diese Hochzeit eingefädelt haben.

Am Kopfende der Tafel sitzt der Vater. Er läßt mir ein Glas Whisky bringen. Es ist bis oben gefüllt. Der Vater hebt den Arm und prostet mir zu, ohne mich anzusehen. Ich habe keine Wahl. Die Frau des Vaters, die Mutter meines Geliebten – sie hat mir den Whisky gebracht –, flüstert mit den Schwestern; zwischendurch fordert sie mich zum Trinken auf. Dann erwähnt sie, das Bett für das Paar sei nicht rechtzeitig geliefert worden, und ich denke wieder an die bevorstehende Nacht. Neben der Mutter steht, geschmückt, die schweigende Tante. Alle nennen sie so, weil sie nie spricht. Mein Geliebter behauptet, er habe sie in seinem Leben dreimal

sprechen hören. Beim letzten Mal habe sie ihn gebeten, sich zu verloben.
Im November hat mein Geliebter mir mitgeteilt, er werde heiraten, aber da waren wir von der Zeit noch nicht besiegt. Und die Zeit der Braut war noch nicht angebrochen.
Heute morgen schickte mein Geliebter mich mit seinen Schwestern zum Friseur. Man sollte uns das bevorstehende Fest ansehen. Vor einem runden Spiegel saß die Braut. Sie betrachtete sich, als sei sie allein auf der Welt. Sie war bleich, und ihr Gesicht zeigte nur, daß sie ihre Sache gut machen wollte. Sie ertrug den Anlaß, wie sie jeden anderen auch ertragen hätte. Eine Friseuse brannte Wellen in ihr kindliches Haar. Es war der modernste Salon im Ort. Neben der Kasse wartete eine weitere Braut. Sie saß aufrecht und ließ den Inhaber des Salons, der eine der Schwestern frisierte, nicht aus den Augen. Auf ihrem Schoß hielt sie Schleier und Kranz bereit. Mit kleinen Zeichen versuchte der Inhaber, sie zu beruhigen. Aber die Zeit aller Bräute ist knapp. Während die Friseuse mir eine Frisur auf den Kopf baute, trat mein Geliebter durch die Tür. Er sah seine Braut an, ein Blick, von dem ich immer geglaubt hatte, ich allein könne ihn auslösen. Die Braut stieg von ihrem Stuhl herab, und mein Geliebter verschwand mit ihr Arm in Arm. Kaum tauchten die beiden ir-

gendwo auf, riß ein neuer Termin sie schon wieder fort. Das Bild des flüchtigen Paars beherrschte den Tag bis zum Abend. Den anreisenden Gästen gab es das Gefühl, man könnte sich nie satt sehen an diesem Paar; so ist die Gespanntheit auf das Fest gewachsen.

Mein Haar wölbt sich über die Stirn. Es fühlt sich an wie Puppenhaar. Ferne Verwandte bleiben stehen und loben meine Frisur, statt daß sie mich loben. Wahrscheinlich weiß niemand, warum ich hier bin. Ich weiß es. Ich dachte, ein Blick auf das Paar, und ich würde begreifen, wie es um uns drei steht. Vor öffentlichen Zärtlichkeiten zwischen den beiden fürchte ich mich noch immer. Bis jetzt sind sie ausgeblieben. Bei der Trauung bin ich nicht dabeigewesen. Der Imam kam ins Haus, während ich mit den Schwestern den Saal schmückte. Ein gewöhnlicher Gemeindesaal, irgendwo auf dem Land. Alles ist verboten in dem Saal. Die Fenster dürfen nicht geöffnet werden, die Lichter nicht gedämpft, die Heizkörper nicht aufgedreht werden. Es ist ein eisiger Vorweihnachtstag. Wir mußten Girlanden und Luftballons mit Klebestreifen anbringen, es dürfen keine Nägel in die Wand geschlagen werden. Auf den Tisch für das Paar habe ich ein großes Papierherz geklebt.

Danach haben mir die Schwestern die neue Wohnung des Bräutigams gezeigt. In der Familie meines Geliebten scheint es für Küchen nur ein einziges Möbelstück zu geben, die Eckbank; nur ein einziges Möbelstück auf der Welt paßt im Wohnzimmer hinter die Couch, der Wandschrank; im Schlafzimmer, wo das einzige Möbelstück der Welt das Ehebett ist, war es in diesem Fall die überbreite Matratze. In allen Räumen Teppiche auf weißen Kacheln. Durch die Gardinen schimmerten die Fenster des Nachbarhauses. Es war, als stände überall in der Wohnung ein Wort an der Wand, das jeder kannte, aber keiner aussprach: Blut. Hier würde sie bluten. Und plötzlich wollte ich zu ihm.

Die Schwestern wichen nicht von meiner Seite. Wir zogen uns um. Das Fest begann. Durch ein Spalier aus Paaren kamen die frisch Vermählten in den Saal.

Schon rennen die Kinder zwischen bunten Papierfetzen umher. Immer mehr Dekorationen lösen sich von der Decke und schweben auf die Gäste herab. Die Kinder sammeln die Stücke und streiten darum. Ihre Eltern reihen sich in einer langen Schlange vor dem Brautpaar, um die Geschenke abzugeben. Der Bruder meines Geliebten bedankt sich durch ein Mikrophon. Er nennt den Namen des Schenkenden und den Inhalt des Päckchens. Çay servisi (Teeservice) scheint mir das häufigste Wort. Seine Stimme erinnert an einen Lokalpolitiker auf der Wahlreise.

Ich bleibe allein am Familientisch zurück. Mein Geliebter ist mir so nah, daß es mir nicht in den Sinn gekommen ist, ihm ein Geschenk zu machen. Ich hätte ihm eine Zeichnung schenken können. Aber das Stück, das ich dann aus der Tischdecke herausreiße, wirkt armselig. Und mein Geliebter schätzt Dinge, die nach etwas aussehen, Uhren, Dokumentenkoffer.

Bald hängen den Brautleuten lange Bahnen angesteckter Geldscheine über die Brust, als hätten sie sich gemeinsam an den Rest der Gesellschaft verkauft. Ich hätte ihn warnen müssen. Bestimmt weiß mein Geliebter nicht, wie gefährlich Rituale sind. Einem Ritual folgt immer ein nächstes, und am Schluß wird man beerdigt.

Wie ernst dagegen die Bewegung, mit der er seinen Schwanz zwischen meine Lippen schob.

Hinter dem Paar wächst die Mauer aus Geschenken immer höher.

Ich verlasse den Saal. Was jetzt noch kommt, ist Kuchen, Musik und Bauchtanz der Gäste, also die Hüften meines Geliebten aus der Ferne. (Nie habe ich herausgefunden, wo diese Bewegung, die aussieht, als flössen seine Hüften davon, tatsächlich beginnt. Ich sah ihm zu, ich filmte ihn, ich legte meine Hände auf seinen Bauch, aber ich habe ihren Ursprung nicht gefunden.) Eine der Schwestern winkt mich in die Küche. Hundertsechzig Obstkuchen, Käsekuchen und Sahnetorten müssen geschnitten werden. Die Messer sind stumpf, Torten-

reste kleben daran und lassen sich nur mit den Fingern abstreifen. Obwohl ich meine Finger immer wieder ablecke, kleben sie. Jedes Stück Haut, meine Kleider, alles ist klebrig und kalt. Ich drehe mich um und sehe meinen Geliebten im Kühlraum für die Getränke verschwinden. Als ich die Tür öffne, steht er mit dem Rücken zu mir. Erkälte dich nicht, sagt er. Ich trete ein. Es wird nicht lange dauern. Ohne meine Arme anzuheben, lege ich sie um seinen Bauch. Er erwartet mich. Ich nehme seine Spitze zwischen zwei Finger – eine dunkle Beere, die ich drücke. Das genügt. Beim Hinausgehen mache ich eine Faust. In der Küche fällt es nicht weiter auf. Jedem tropft etwas aus der Hand.
Eine Stunde später fährt der Bruder meines Geliebten mich zum Hotel, in dem mein Geliebter ein Zimmer für mich bezahlt hat. Obwohl ich unzählige Hände geschüttelt habe, kleben meine Finger noch immer. Vor uns fährt das Brautpaar. Über den Straßen Weihnachtssterne, wie ein letzter Versuch, das Ende des Fests hinauszuschieben; ich sehe nur ihren Brautschleier, der die gesamte hintere Fensterbank einnimmt. Habe ich ihr etwas genommen? Jetzt hupt der Wagen – winkende Hände, zwei Gesichter im Rückfenster –, und schon biegen sie in eine Seitenstraße ab.
Ich bin müde und traurig. Die Braut ersetzt mich nicht. Noch oft kann ich die Arme um meinen Geliebten le-

gen. Er würde mich auch heute nicht von sich weisen. Nur den Verlust der Familie finde ich bedrückend. Nie wieder werde ich, beachtet und doch nicht bedrängt, in ihrer Mitte sitzen.
Mein Hotelzimmer ist geräumig. Alle Gegenstände haben dieselbe Farbe. Ich mache sofort das Licht aus. Ich liege im Bett und bin unruhig. Außer meinen Eltern gibt es in den nächsten Tagen niemanden, der das Recht hat, an mich zu denken.

# Die Sonnenbrille

Hölzern, großäugig, kein Lidschlag, minimaler Puls, so werde ich dasitzen, nein, ich sitze ja schon. Sie wollen ein Photo von mir machen. Sie wollen ein Photo vom zweitältesten Motiv der Welt: Frau.
Ich liege in den Armen eines Visagisten, das klingt bequem, ist es aber nicht, werde verwandelt in die Priesterin eines blühenden Ordens, das klingt übertrieben, ist es aber nicht. Auf dem Tisch die Palette, Kästchen mit Pigmenten, fein wie Staub, erdige Farben, nichts Grelles, verschiedene Pinsel und Schwämmchen, daneben, in einem mit hellem Samt ausgeschlagenen Kästchen: die Sonnenbrille, für die ein Prospekt gemacht werden soll.
Der Visagist malt mir aufs Gesicht, wie Giotto früher an die Wand. Grundierung der großen Partien, dann helle Paste dunkle Paste, sieben Schichten oder mehr, er tupft und pinselt, wechselt dauernd das Instrument. Der Visagist hat ein zerfurchtes Gesicht, sieht aus, als hätten sich all die Gesichter, die er täglich übermalt, in seines eingegraben. Wie die junge Piaf, sagt er und merkt nicht, daß mein Gesicht eher wie das von Elvis

aussieht. Keiner hier merkt es. Mein Kinn ist so dreiekkig wie seines, der Kiefer steigt etwas steiler an. Mein Mund wirkt so eingeklemmt zwischen den Backen wie seiner, überhaupt nicht breit, aber voll. Seine Haare hat er damals auch gefärbt, als er noch lebte, mit hellem Haar fehlt uns etwas. Natürlich waren seine Augen dunkel, meine hell, und unterhalb des Kopfes geht es auch anders weiter, vielleicht singe ich deshalb nicht so gut. Aber ich soll sowieso den Mund halten, das habe ich schon gemerkt, als mich der Photograph nach dem Hintergrund fragte. Was hätte mir gefallen? Eine Landschaft, sagte ich, ein schattiger Hof, Risse im Putz, Wasserflecken, ein Zufallsmuster. Aber der Photograph erwartete keine Antwort.

Von seinem Streifzug durchs Haus hat er mitgebracht: ägyptische Gefäße und die Statue des Sonnengottes Re. Es wird sein Photo, sein Märchen, er ist Dürer, und ich bin das Kaninchen. Ich bin doch euer Gesicht, habe ich gedacht, aber ich habe mich geirrt. Ich bin bloß die Trägerin eures Gesichts, denke ich jetzt. Meine Haut strahlt, so weiß ist sie.

Der Visagist drückt seine Zigarette aus und beginnt mit dem Mund. Er verbindet die Mundwinkel durch eine gezackte Linie parallel zur Oberlippe, füllt den neuen Mund aus, stiehlt sich ein Stück weiße Haut zu meinen Lippen, wie das Meer, wenn es manchmal Uferstücke von einer Insel reißt. Aber spätestens heute abend werde ich mir mein Land zurückholen, meinen kleinen Mund, und dann werde ich auch wieder sprechen. Vielleicht sogar mit Bella, die mit mir essen gehen will. Sie ist nicht gerne hier. Das ganze Team ist nicht gerne hier. Alle wären lieber nach Ercan geflogen, wie ich vorgeschlagen habe, aber der Firmenberater hat es abgelehnt. Jeden Ort, der mir etwas bedeutet, lehnte er ab. Flughafen Ercan, depressiv. Der Strand frühmorgens, depressiv. Meine Stammkneipe, depressiv. Ich frage mich, hat das mehr mit meinem Äußeren oder seinem Inneren zu tun. Wahrscheinlich hat er einen Kurs in Menschenführung hinter sich. Marionettenspieler, das wäre er gern, aber er ist eher die Puppe der Firma. Immer in Grau. Den Aufzug im höchsten Turm der Stadt nannte er eine Gefängniszelle. Dabei fahre ich so gerne hinauf in die bessere Luft. Seit ich die Stadt von oben gesehen habe, mag ich sie viel lieber, diese Ordnung aus der Höhe; daran denke ich unten auf der Straße, wenn mir die Abgase ins Gesicht geschleudert werden und ich mich nicht mehr auskenne.

Da nur die Idee zählte und es auf die Sonne nicht ankam, sollten die Aufnahmen dann in einem Wiener Theater gemacht werden. In dieser Stadt habe ich einmal ein Praktikum gemacht. Fachbereich Architektur.

Einen November lang habe ich Pläne abgezeichnet und festgetrocknete Rapidographen gewaschen. Die Kälte war eine Klinge. Nicht nur ich habe mich daran geschnitten, ich glaube, die monströsen Raben auch, und ein zierlicher Ägypter, der Zeitungen verkaufte und sein Schnitzel mit mir teilte. Gegessen habe ich heute noch nichts, der Photograph sagte, nüchtern ist besser, und dabei strich er sein langes Haar nach hinten, und gleich wirkte sein Gesicht ausgemergelt. Also trinke ich bloß Kaffee. Seit ich vor dem Spiegel sitze, schaut der Photograph mich an, als stelle er eine Diagnose, wie sie lautet, sagt er mir nicht. Ob er mich richtig behandelt, wird sich herausstellen. Wie im Krankenhaus. Niemand sagt, was los ist, und ich soll einfach locker lassen. Es gibt mich und das Handwerk des Visagisten und das Auge des Photographen und den Traum des Designers, den das Team mitträumt, das bin dann auch irgendwie ich. Wer trägt die Verantwortung? Bella glaubt, sie müsse mich schonen, aber das muß sie nicht, ich schone auch niemanden. Ist es besser, wenn einem schonend etwas zugefügt wird? Es ist nur langsamer. Ich werde fliehen, wenn es sein muß. Eine Flucht ist eine Erleichterung, wie ein Schrei. Schreien kann ich nicht, die Kamera ist auf mich gerichtet (ich will nicht schreiend abgebildet sein, eine Erleichterung darf nicht länger dauern, als sie dauert, sonst wird sie zur Qual, man kennt die Bilder mit den stummen Schreien). Lieber werde ich flüchten. Von der Flucht wird es kein Bild geben. Man sieht sie mir ja nicht an, jedenfalls nicht im Gesicht, ich schaue so gelassen wie eine Katze, die man festhält, nur daß ich keinen Schwanz zum Peitschen habe, und dann werde ich plötzlich verschwunden sein. Wohin ich fliehen werde, weiß ich noch nicht. Ich kenne mich ja ein bißchen aus, weiß, wo das Hotel liegt, im Zweiten Bezirk. Erst mal muß ich hier raus aus dieser Klemme. Alle stehen vor der offenen Tür, nur Herr Grau sitzt, und Bella beugt sich von hinten zu ihm. So war es schon beim ersten Treffen in der Agentur: Wir saßen um den schwarzen Tisch. Bella flüsterte mit Herrn Grau. Der Tisch war gedeckt, und im ersten Moment glaubte ich wirklich, wir würden jetzt gemeinsam Tee trinken, der Junge von der Rezeption bediente. Ein schöner Brauch, dachte ich, das haben sie den Türken abgeguckt. Aber die Gedecke blieben stehen. Wie eine Trabantenstadt, stumm und weiß und schwer auf dem schwarzen Lacktisch. Der Tee war Attrappe. Wir redeten nur über den Prospekt. Damals sagte Herr Grau, es sei Wunsch der Firma, daß ich mich mit dem Rükken zur Kamera stellen, über einen Handspiegel direkt ins Objektiv blicken und dabei die Sonnenbrille in der anderen Hand halten solle, so, daß die Brille zweimal auf dem Photo zu sehen sei. Natürlich fiel mir dazu sofort Velazquez' einziger erhaltener Akt ein, und ich weigerte mich. Er wußte nicht, wovon ich redete, deshalb erinnerte ich ihn an die vielen Bilder mit Frauen und Spiegeln. Gehören zum Themenkreis der sieben Todsünden, sagte ich. Mit denen will ich nichts zu tun haben. Schließlich einigten wir uns darauf, den Spiegel wegzulassen, und ich unterschrieb den Vertrag. Vor Designerbrillen brauche ich nicht auf der Hut zu sein, ich kann sie mir gar nicht leisten. Gegen die Plakate in den Städten bin ich trotzdem nicht gewappnet, vielleicht wäre es möglich, sich dagegen zu impfen.

Die Augen, sagt der Visagist, stellt sich auf Zehenspitzen, beugt sich gleichzeitig über meinen Kopf, ich rutsche etwas tiefer im Stuhl. Im Vergleich zum Mund sehen meine Augen nackt aus. Augenloses Porträt, denke ich, ein mundloses wäre schlimmer. Hinter mir im Spiegel sehe ich Bella, ihr Kleid hat fast dieselbe Farbe wie ihr Haar, ein Weizenfeld. Sie ist mit Herrn Grau angereist, den ganzen Weg im Auto, hinten im Mercedes die neue Kollektion. Bella wirkt erschöpft, aber das stört sie nicht, vielleicht weiß sie, daß ihr Kleid aussieht wie eine Geste des Sommers, eine Frau ohne Schweiß würde nicht hineinpassen. Das gefällt mir. Bella führte mich in die Garderobe. Dort hatte sie neben Godots Baum den Kleiderständer aufgebaut. Sie reichte mir ein Kostüm, das zur Brille paßte, und ich verschwand damit hinter dem Bäumchen, wartete einen Augenblick, ob Bella wohl hinausginge, während ich mich umzog, doch sie blieb. Ich drehte mich zur Seite, behielt sie dabei aber im Auge. Sie drehte sich auch zur Seite. Sie fegte durch den Kleiderständer, als ob sie in einem Buch blätterte, auf der Suche nach einer bestimmten Stelle, aber ich glaube, sie tat es mir zuliebe, ich, die Nackteste unter den Nackten, stand hinter einem Tischchen und verlor das Gleichgewicht, als ich in den Rock stieg (hätte ich ihn lieber über die Schultern streifen sollen?). Ich bin nicht gefallen, und dank der Nylons, die sie mir gegeben hatte, rutschte der Stoff leicht an meinen Beinen hinauf. Ich spürte, daß Bella gerne hergesehen hätte, und ich redete pausenlos mit ihr, als könnte ich mich hinter meinen Worten vor Bella verbergen. Und plötzlich sagte sie, du brauchst dich nicht zu verstecken, ich finde dich sehr schön. Darauf wollte ich etwas antworten, aber schon fügte sie leiser hinzu, schlank, schlank wie eine Katze, und damit riß sie meinen Redestrom endgültig entzwei.

Das Kostüm ist zu eng, aber das kümmert keinen, offensichtlich sieht man nicht, daß ich nicht mehr durchatme, der Photograph baut in Ruhe seine Grabkammer, der Visagist vergrößert mein Auge. Runterschauen, sagt er und zieht mein Lid nach oben, ich sehe seine aus-

gelatschten Schuhe mit zwei kleinen Quasten. Wäre mein Auge ein Stück Papier, würden seine Striche einen Käfig bedeuten, und an die Stelle, wo meine Pupille sitzt, würde er einen flatternden Raben zeichnen. Er bürstet meine Wimpern, von oben, von unten, bald werden sie aussehen wie ein Dornenkranz.
Dann nimmt er die Lockenschere (ein gefräßiger Entenschnabel, in den er mein zu kurzes Haar vergeblich klemmt, es rutscht wieder heraus). Meine Augen sind der Vorhang. Ich soll sie geschlossen halten, bis der Visagist sagt, öffnen, und damit zieht er den Vorhang vom Kunstwerk. Ich sehe eine Frau mit einem großen braunen Mund und Augen schräg wie bei einem Wolf. Hier lügen sie noch wie vor vierhundert Jahren. Die reine Garbo, höre ich den Photographen sagen. Mein Mund lächelt und lächelt, und das kann nur bedeuten, daß ich unsichtbar bin. Und da stehe ich auf, stecke die Sonnenbrille in die Tasche, und als keiner was sagt, verschwinde ich einfach mal wohin.

Es ist geglückt.
Endlich allein, suchte ich nach Bildchen und Kommentaren, man findet oft etwas Tröstliches in den Zellen, die intimste Pein wildfremder Leute, aber die Klowand im Wiener Theater war blank, schade, dachte ich, und machte den Anfang:

Dann schlich ich mich die Treppe hinab, winkte dem Pförtner; erwischte gerade noch die Linie Zwei; die Hand in der Tasche bin ich einmal um den Ring gefahren; drang mit dem Finger zwischen die Bügel der Brille; das Team stand, als ich wieder vorbeikam, auf der Treppe vor der Burg: Die Haare des Photographen wehten sanft im Abendwind. Ich stieg am Schwedenplatz aus, rannte über die Brücke zum Hotel.

In der Straßenbahn hat es nach Mottenpulver gerochen. In der Bahn waren nur Alte, sie starrten mich an, vielleicht war ich eine reiche Frau, vielleicht eine Hure, wie unterscheidet man solche Blicke, es ist mir gleichgültig gewesen, ich wußte, daß sie mich nicht sehen konnten. Ich hatte plötzlich das Gefühl, die Welt sei wie gemacht für mich: Mein Arsch paßte genau auf den Straßenbahnsitz. In meinem Zimmer stand die Luft. Ich nahm ein Wasser aus der Minibar, setzte mich in den Sessel und sah zu den Dächern hinauf. Ich überlegte, wie ich die Brille loswerden könnte. Mein Gesicht fing an zu jucken. Zuerst dachte ich, es sei die Schminke, aber als ich mit dem Finger die Gegend absuchte, spürte ich eine kleine harte Erhebung neben der Mundfalte und kratzte einen winzigen schwarzen Käfer ab. Weitere Käfer saßen an der Wand neben dem Kopfkissen, und wahrscheinlich weil ich in Wien bin, dachte ich, es seien Wanzen. Ich ging zur Rezeption, der Portier versprach, sich die Käfer anzusehen. Ich gab ihm auch hundert Schilling und sagte, ich will weder besucht noch angerufen werden. Aber Bella hat sich an ihm vorbeigeschlichen.

Da bist du, sagt sie und schaut noch einmal in den Flur, bevor sie die Tür schließt, folgt ihr jemand? Machen wir Pause, sagt sie, zieht eine Imbißtüte aus ihrer Tasche und hält sie mir entgegen. Als ich den Kopf schüttle, legt sie mir die Hand auf den Arm. Toll siehst du aus, sagt sie, wie die Barfrauen von Hopper, und ich lächle, aber nur, weil ich nicht anders kann. Lächeln paßt zu einer Diebin. In meiner Wiener Zeit drehte ich vor den Plakatriesen immer schnell den Kopf weg. Bis ich merkte, daß ich ihre Gesichter trotzdem kannte.

Ich war infiziert mit ihrer Welt und gab diesen Infekt weiter.
Unter dem Freskogesicht schaue ich, wie man schaut, wenn man etwas getan hat, das nicht mehr zu ändern ist. Am liebsten würde ich beichten, im Taxi sitzen, dem Fahrer hinter der Glasscheibe eine Geschichte erzählen, aber ich glaube, in Wiener Taxis gibt es keine Scheibe, und gelb sind sie auch nicht.
Bella sieht müde aus. Geschwitzt hat sie schon am Mittag, aber ihr Gesicht ist erst jetzt deutlich gegliedert. Wie das Gesicht meiner Mutter. Würde man nach ihr fahnden, gäbe es nun Anhaltspunkte. Den Verlauf ihrer Augenhöhlen könnte ich einfach nachzeichnen. Ich biete ihr die Brille an, und sie setzt sie zögernd auf. Das einzige, worauf ich mich verlassen kann, ist das Fresko auf meinem Gesicht. Alles andere wendet sich gegen mich. Ich schließe die Augen und höre Bella zu. Noch nicht zu spät, sagt sie und erinnert mich an meine Mutter, wenn sie früher versucht hat, mir das Aufräumen schmackhaft zu machen. Noch alles perfekt, bis auf das Haar, aber das sind zwei Minuten, sagt sie und legt eine schief hingerutschte Strähne wieder gerade, das heißt parallel zu meiner Nase, an der ihr Finger verweilt. Noch nie hat eine Frau meine Nase angefaßt, auch kein Geliebter. Wenn jemand meine Nase berührt, geht es mir wie meinem Hund. Ich schüttle automatisch den

Kopf. Erstens haben Hände einen ganz eigenen Geruch, der oft anders ist als der Geruch, den man von einem Menschen kennt, und von allen menschlichen Gerüchen bin ich auf den Handgeruch am wenigsten neugierig, zweitens ist meine Nase eine Spur zu spitz, und daran erinnert mich eine Berührung. Das Team wartet. Wenn du jetzt kommst, sagt keiner etwas. Straffreiheit bei guter Führung. Auch solche Angebote kenne ich von meiner Mutter. Sie wirken nicht bei mir. Ich bleibe liegen, stelle mir vor, unter der Maske sei ich aus Blei, sie will wissen, was mit mir los ist. Um etwas über mich zu sagen, muß ich immer eine Geschichte erzählen. Aber das würde jetzt ablenken von Bella und mir. Hallo, sagt sie, als sei sie auf der Suche nach mir, nimmt meine Hand, legt sie auf ihren Hals. Ich zucke etwas zurück, es ist der Gedanke an den Hals einer Frau, nicht die Berührung ihrer Haut (ihre Haut ist lasch, Bellas Kraft sitzt woanders). Dann versucht sie, mich hochzuziehen. Die haben dich gesucht, sagt sie, du hast noch eine Chance. Die Herren sind zum Prater gefahren, kommen aber wieder. Steh bitte auf, sagt sie und zieht noch einmal, zerrt ruckartig an meinem Arm, und als ich sitzen bleibe, sagt sie, aufstehen, das Team wartet, und dann lehnt sie sich zurück, ihr Gewicht gegen meines, sie schafft es nicht, obwohl sie größer ist, gleich wird sie sich noch am Fensterkreuz festhalten, und während sich mein Arm dehnt und ich leise aufschreie, läßt sie ihn fallen, in diesem Moment klopft es. Das ist er, sage ich, und sie sagt, wer, ich rufe, herein, Bella verschwindet im Bad, und der Portier steht mit einem Staubsauger in der Tür. Die Wanzen habe ich totgeschlagen, sage ich, und er sagt, nicht Wanzen sagen, und geht. Ich bin müde, lege mich aufs Bett und lasse meiner Hand freien Lauf.

Irgendwann kehrt Bella aus dem Bad zurück, Brille und Schuhe hat sie ausgezogen, sie ist vier Zentimeter kleiner und um einiges plumper und legt sich neben mich, die Wiener Matratze sinkt ein, und ich rolle so dicht an Bella heran, daß ich an meinem Ellbogen den rauhen Stoff des Kleides spüre, wie grobe Leinwand. Obwohl es erst dunkel wird, hat sie schon ein Mitternachtsgesicht. Sie schmiegt ihren Kopf an mich, und eine Wange an meiner Schulter kommt mir immer vor wie ein Stück unverdientes Vertrauen. Hätte Bella jetzt von mir verlangt aufzustehen, wahrscheinlich hätte ich es getan, jetzt aber hat sie andere Wünsche. Schau mich nicht an, sagt sie, ab halb neun verfalle ich, und wahrscheinlich aus Rücksicht auf das Fresko beschränkt sie ihr Streicheln wieder auf meine Nase (die Nase kann jederzeit überpudert werden), deine Nase, sagt sie, fühlt sich gar nicht an, wie sie aussieht, und zwingt mich, ihr die Hand festzuhalten (die Hand riecht nach Hotelseife). Sie wehrt sich nicht, so wie ich mich auch nicht mehr wehren würde.

Was ist mit Herrn Grau, sage ich, kommt er hierher?, und sie weiß, wer gemeint ist, schüttelt den Kopf, und ich halte ihre Hand noch eine Weile in der Luft, frage mich, ob Bella lügt, und lege ihre Hand dann ab. Hast du was mit ihm? sage ich. Und sie sagt: Deine Stimme gefällt mir, und beginnt, mein Haar um ihren Finger zu wickeln, so stramm, daß es weh tut und eine Locke stehenbleibt, als sie den Finger wieder herauszieht. Red schon, sagt sie, aber wenn etwas mit mir geschieht, das ich nicht abschätzen kann, stelle ich mich schlafend. Sie tastet in der Dunkelheit nach meinem Mund, wahrscheinlich, weil ich nichts mehr sage, und gibt dann auf. Sie deckt mich zu, stopft die Deckenzipfel unter meinen Körper, bis sie glaubt, es sei bequem, merkt nicht, daß ich an die Brille denke, so wie man an Belangloses am intensivsten denkt, wenn man es nicht vergessen darf. Als es hell wird, verläßt sie mich, ich lächle immer noch. Mit der kleinen weißen Seife wasche ich mir das Gesicht. Meistens verhalte ich mich so, daß ich mich verstehe.

# Schaumkronen

Dieser Herbst nach den Sommermonaten, in denen ich nicht genug kriegen konnte. Bis in den August zogen mich die Orte an, wo möglichst viele Menschen aufeinanderprallen. Vom Rummelplatz bin ich abgehauen, nachdem ich das Gefühl hatte, ich werde aus meinem Körper herausgesogen (nicht nur beim Looping!). Ich arbeitete wenig und verdiente fast nichts. Jetzt bediene ich, wie viele Künstler (wenn ich mich dazurechnen darf), in einem Tag und Nacht geöffneten Café. Das Café ist klein und dunkel wie ein Nähkästchen. Wir müssen Platz sparen, sagt mein Chef, aber er spart nicht, sondern er stiehlt. Kaum kehrt man hier ein, ist man eine Bestohlene. Gäste kommen trotzdem. Am Morgen ist es ein völlig anderes Café als am Abend. Die Leute sehen so frisch aus wie das Gebäck unter der Plastikglocke, das sie zum Frühstück essen. Abends liegt das Gebäck da, als habe es sich im Laufe des Tages in Bronze verwandelt, und wer hereinkommt, bestellt sich Bier. Dann füllt sich das Geldtäschchen unter meiner Schürze; so muß es sein, wenn man schwanger ist, dieses kleine fremde Gewicht am unteren Bauch. Bedingung

ist ein Rock, sagte mein Chef beim Einstellungsgespräch, wie kurz, das überläßt er mir. Und obwohl Miniröcke immer mißverstanden werden, trage ich sie. Meine Arena: das Karree hinterm Tresen. Unter strengen Männerblicken zapfe ich Pils. Der empfindlichste Punkt dieser Männer ist die Schaumkrone ihres Biers. Manchmal muß ich das Glas halb wegkippen, wenn die Spitze nicht stimmt. Wenn mir einer was spendiert, muß es Piccolo sein. Ich gehe spät zu Bett. Dann ist der nächste Tag so bleich wie ich, und mein Computer ist ein totes Auge.
Einer der Gäste bringt mir immer etwas mit. Durch ihre Geschenke lerne ich sie kennen. Vor allem weiß ich, wie alt sie sind. Über vierzig, und sie bringen Erdbeeren oder Pralinen, Jüngere laden mich ins Kino ein oder wollen mich nachts nach Hause fahren. Einer kommt jeden Tag. Jeden Tag erfinden wir neue Namen füreinander. Die Namen enden immer auf i.

Im Sommer, als ich nie genug kriegte, bin ich umgezogen. Ziemlich früh, Ende Mai, gerade als sich unterm Baum vor unserem Haus ein Teppich aus Blütenstaub bildete (warum bin ich nicht in dieses Wohnzimmer unter dem Baum gezogen?). Georg gibt es nicht mehr. Aber manche Menschen hinterlassen Verwüstungen wie ein Unwetter. Beim späteren Gedanken daran frö-

stelt einen. Ich wohne jetzt mit Milli. Milli ist eine Hexe. Wenn sie in ein fremdes Land fliege, sagt sie, verstehe sie plötzlich die Sprache, ohne sie gelernt zu haben.
In der neuen Gegend sind die Mieten niedriger. Zum Meer ist es weit. Den ganzen Sommer habe ich Sperrmüll gesammelt und bin jetzt ganz gut eingerichtet. Es kommt mir hier vor wie in einer kontinentalen Stadt. Bedenke ich das Alter dieser Stadt, die Generationen, die hier ihr Glück versucht haben, fällt es mir leicht, etwas anzufangen.
Im Herbst fallen mir die alten Leute mehr auf als im Sommer. Sie sind zu dürr, zu gläsern, zu außerirdisch, um den kommenden Winter zu überleben. Sie erinnern mich an die Wespen, die in kleinen Bewegungen dicht übers dürre Gras fliegen, als seien sie auf der Suche nach einem im Boden versunkenen Sommer. Abends durchsuche ich mein feuerrotes Bett nach Wespen. Im September steht mein Fenster den ganzen Tag offen. Sobald der Geliebte geht, wechsle ich das Laken.
Mit Milli und ihrem blonden Freund verbringe ich noch Tage am Strand. Wir kommen immer zu diesem Strand, obwohl er neben der Autobahn liegt. Zwischen uns und der Straße steht ein Streifen schwarzen Waldes. Es gäbe ruhigere Strände, sagt Milli, warum muß es dieser sein, der Blonde hat ein Auto.

Was soll ich sagen, um begreiflich zu machen, daß es ohne Milli nicht geht. Milli wohnt bei mir, aber ich weigere mich, was ich für sie empfinde, dieser Tatsache unterzuordnen. Wir haben uns zufällig getroffen, doch daß wir zusammengeblieben sind, ist kein Zufall. So wie es kein Zufall ist, daß wir hierherkommen. In unseren Ohren mischt sich das Geräusch der Autos mit dem der Wellen. Am Ufer bleibt Schaum liegen, als sei das Meer tollwütig. Den Müll weht es landeinwärts, in Richtung der Türme, die von hier aus einer Spielzeugfestung ähneln. Der Blonde hat Filmzeitschriften bei sich. Wir drehen uns auf den Bauch und blättern. Er will nicht, daß ich auf den freien Stellen kritzle, nicht einmal auf den Werbeseiten. Er verbietet es mir. Also weiche ich auf den Sand aus und versuche das Schwierigste – eine Welle zu zeichnen.

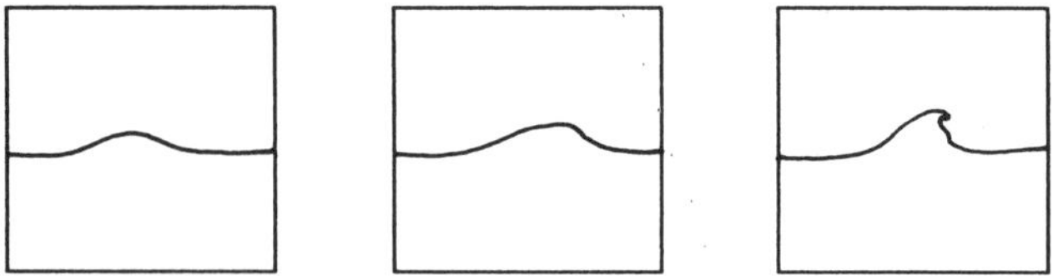

PIPER

## Alissa Walser
## *Am Anfang war die Nacht Musik*

Roman. 256 Seiten. Gebunden

Als Franz Anton Mesmer das blinde Mädchen in sein magnetisches Spital aufnimmt, ist sie zuvor von unzähligen Ärzten beinahe zu Tode kuriert worden. Mesmer ist überzeugt, ihr endlich helfen zu können, und hofft insgeheim, durch diesen spektakulären Fall die ersehnte Anerkennung der akademischen Gesellschaften zu erlangen. Auch über ihre gemeinsame tiefe Liebe zur Musik lernen Arzt und Patientin einander verstehen, und bald gibt es erste Heilerfolge …
In ihrer hochmusikalischen Sprache nimmt Alissa Walser uns mit auf eine einzigartige literarische Reise. Ein Roman von bestrickender Schönheit über Krankheit und Gesundheit, über Musik und Wissenschaft, über die fünf Sinne, über Männer und Frauen oder ganz einfach über das Menschsein.

01/1844/01/R

PIPER

## Annette Pehnt
## *Mobbing*

Roman. 176 Seiten. Piper Taschenbuch

Er gab sich kämpferisch, warf den Briefumschlag auf den Küchentisch. Und mit einem merkwürdigen Ausdruck der Erleichterung fügte Joachim hinzu, sie haben es geschafft. Entlassen hatten sie ihn, fristlos. Was sie gegen ihn vorbrachten, war gelogen. Sagte er. Seine Frau wusste nicht mehr, was stimmte. Denn Feinde, Gespenster, Verschwörungen gehörten seit vier Jahren zu ihrem Leben. Jetzt mussten sie wenigstens nicht mehr über seine Arbeit reden, jetzt hatte er keine Arbeit mehr. Längst aber ging es um etwas ganz anderes, es ging um ihn selbst, für wen ihn die anderen hielten. Und außer den Kindern, die sich freuten, dass er nun so oft zu Hause war, stellte er jedem die eine Frage: wer auf seiner Seite stand und wer nicht.
In der Verbindung aus Anteilnahme und literarischer Distanz gelingt Annette Pehnt ein glänzender Roman, der von Macht und Ausgrenzung in der Arbeitswelt erzählt und behutsam und klug seine großen Themen Vertrauen, Achtung und Würde ins Alltägliche einzubetten versteht.

01/1644/02/L

PIPER

Julia Schoch

## *Mit der Geschwindigkeit des Sommers*

Roman. 160 Seiten. Gebunden

Vor allem die Frauen waren übermütig, ihre Gesichter leuchteten, und ihr Lachen hörte man die ganze Nacht hindurch. Als hätte ihnen nun der Lauf der Geschichte, die Auflösung unseres Staates, ein Argument für ein eigenes Leben gegeben. Meine Schwester aber, die in der Abgeschiedenheit der Kiefernwälder und des Stettiner Haffs von der Freiheit geträumt hatte, hatte noch nichts, das sich zu verlassen lohnte. Nur die Familie, den Ehemann. Aber sie blieb, traf sich wieder mit ihrem alten Liebhaber und gab sich fast schwärmerisch der verlockenden Vorstellung hin, dass in diesem anderen Staat ein anderer Lebenslauf für sie bereitgestanden hätte. Wäre ich aufmerksamer gewesen, hätte ich ihre verhängnisvolle Entscheidung vielleicht rückgängig machen können.

01/1766/01/R